长生草

CHANG SHENG CAO

铁木·著

中国言实出版社

图书在版编目（CIP）数据

长生草 / 李柏柱著. —北京：中国言实出版社，2014.10
ISBN 978-7-5171-0748-4

Ⅰ. ①长… Ⅱ. ①李… Ⅲ. ①长篇小说—中国—当代
Ⅳ. ①I247.5

中国版本图书馆 CIP 数据核字（2014）第 209966 号

责任编辑：陈昌财

出版发行　中国言实出版社
地　址：北京市朝阳区北苑路 180 号加利大厦 5 号楼 105 室
邮　编：100101
编辑部：北京市西城区百万庄路甲 16 号五层
邮　编：100037
电　话：64924853（总编室）　64924716（发行部）
网　址：www.zgyscbs.cn
E-mail：zgyscbs@263.com
经　销　新华书店
印　刷　北京市玖仁伟业印刷有限公司
版　次　2015 年 1 月第 1 版　2015 年 1 月第 1 次印刷
规　格　880 毫米 ×1230 毫米　1/32　9.25 印张
字　数　162 千字
定　价　32.00 元　ISBN 978-7-5171-0748-4

引 子

卷柏，又名桧木、一把抓、老虎爪、长生草、万年松、九死还魂草、风滚草。

卷柏，本品卷缩似拳状，长 3 ～ 10cm。枝丝生，扁而有分枝，绿色或棕黄色，向内卷曲，枝上密生鳞片状小叶，叶先端具长芒，中叶（腹叶）两行，卵状矩圆形，斜向上排列，叶缘膜质，有不整齐的细锯齿。背叶（侧叶）背面的膜质边缘常呈棕黑色，基部残留棕色至棕褐色须根，散生或聚生成短干状。质脆，易折断。无臭，味淡。

在生物学方面，许多人认为卷柏是裸子植物，其实不然。它属于由孢子繁殖的蕨类植物，没有种子。

卷垫状卷柏，须根多散生。中叶（腹叶）背面的膜质边缘常呈棕黑色，基部残留棕色至棕等，内缘较平直。外缘常因内折而加厚，呈全圆状。

卷柏的奇特之处是它极耐干旱的本领和“死”而复生的特性。但它的生长环境却很特殊，往往生长在干燥的岩石缝隙中或荒石坡上。在这样的环境中，水分的供应没有保障，仅在下雨时有一些过路水迅速流过。但卷柏凭借着有水则生、无水也活的生存绝技，不但旱不死，反而代代相传繁衍生息。在生时，卷柏枝叶舒展翠绿可人，尽量吸收难得的水分。一旦失去水分供应，就将枝叶拳曲抱团，并失去绿色，像枯死了一样。

随着环境中水的有无，卷柏的生与“死”也交替进行，因此在民间人们又称它为还阳草、还魂草、长生草、万年青。科学家则称这种小草为“复苏植物”，仿佛在干旱时它睡着了，而遇到水又重新醒来似的。

第一章

齐卷柏（小名叫小草）拿着湖南某大学的录取通知书边走边看，这时候天已经快黑了，她刚从自己就读的县第一高级中学回来。她并没有坐公交车，为了节省两块钱的车费，每次放假她都是背着书包先走十一公里公路，再走四公里山路回家。走山路可以缩短距离，每次放学回家都要走两三个小时。这次更长，似乎走了一个世纪。她一路上拿着通知书，走走看看，然后坐下，有些迷茫，又有些无奈，时而落下无助的泪水。

她心里明白，她的家庭根本承受不住高昂的学费，怎么办呢？她不停地思索，借银行的贷款吗？不行，银行不会再借给她了，因为她父亲治病已经借了很多了。前几天托村长去做担保，想再借点钱以补贴家用却没有借来。弟弟读书的

学费是免费的，还可以继续，自己的学费是无论如何也凑不上了，即使全村人给凑上这4000的学费，那以后呢？谁来还这钱和银行的贷款呢？自己毕业还需要四年时间。可是她确实很想读大学，这是她的梦想呀。作为班里的尖子生，老师和同学都对她寄予厚望，大家曾经给她捐过款，就是为了让她能够继续读书。

她双手捧着通知书，滴落的泪水已经把录取通知书浸湿了，通知书已经看了不下百遍。从上午10点钟拿到通知书，一直看到下午7点多，泪水打湿的双眼，已经看不清那模糊的字体。她仰望天空，寂静的夜里夏虫不停地鸣叫着悲凉的曲子，不时有石子滚下山坡，发出哗拉拉的响声，加上鸟儿呜呼呜呼的叫声，整个世界显得冰冷凄凉。看着天上隐隐现出的星星，心中几许凄凉。

慢慢地，她终于站了起来，把通知书放进了书包的最底层。虽然书包已经破了，但是经过的自己缝缝补补、洗洗涮涮，还是那样地清洁亮丽。

她最终做了一个艰难而痛苦的决定。她咬了咬嘴唇，慢慢地向家里走去。

当她像一个幽灵一样漫无目的地飘到了家门口的时候，还是和她每次回家看到的场景一样，一家人在院子里等她吃饭。还是那样一个木头的表面已经发黑的小饭桌子，它

的年龄比自己还大，已经二十多年了。据说是父母结婚时请木匠给做的。几棵大葱，一盘玉米饽饽，一碗盐水，这就是每天的晚饭。弟弟已经饿得肚子咕咕叫了，看到姐姐回来了，兴高采烈地拿起饽饽就吃上了，边吃边说：“终于可以吃饭了！”他的父亲拄着拐杖慢慢地站起来了，叫了声“大丫头”，看到她的表情却一下子停住了下边的话，感到小草的表情不对。她却像是突然鼓起了勇气快步走到饭桌前，拿起苞米饽饽艰难地嚼着，父母没有吃，用期待的眼神看着她，相互对视了一下，他们已经感觉出了小草的不快。

“我没有考上。”小草头也没有抬地说。

“嗯？你不是说考得挺好的吗？”妈妈惊讶地问了一声。

“我报高了。”

“什么叫报高了？”妈妈急切地问，带着略感迷惑的眼神。

“就是没有达到学校的分数。”小草接着说。

“那还能上大学不？”

“不能了！”小草生硬地说。

小草妈刚要继续问什么，老齐无奈地哎了一声：“这样也好，正好回来做农活，家里缺人手。”他这样安慰着自己的女儿，拄着拐杖向饭桌走去。他一直以为是自己的腿病耽误了女儿。他接着说：“现在家里也只能靠你妈妈一个人。”小草只要一回家，几乎没有闲着的时间，主要做家里和地里的活计，尽力帮妈妈分担一些家庭的负担。

“嗯。”小草还是低着头小声地回应了一声。

妈妈说：“要不你再补习一年？”

小草低着头边吃边说：“不补了，补也上不了。”

妈妈叹了口气：“哎，这都是命呀！草，你也别想多了！”

爸爸墩了墩筷子：“吃吧，吃吧。”

“你叔叔说今天预报有雨，一会你和你妈把柴火架上”。她爸爸这时候似乎显现出了男人应有的大气和开阔的心胸，不再提这事了。

小草又嗯了一声，她放下了筷子，就进屋去拿那破旧塑料布了。

妈妈抬头问她：“你吃饱了吗？”

小草低着头随口答道：“吃饱了！”

妈妈又说：“一个窝窝头还没有吃下呢。”

“我不饿。”小草机械地回答。

弟弟吃饱了，也不用想大人那么多复杂的事情，只有出去找小朋友们玩才是正事：“妈，我去玩了。”

“去吧，早点回来，别和人家打架。”

“嗯，知道了。”他“噔噔噔”地一溜烟跑了。

小草面无表情地说：“妈，我想出去打工。”

“啊？”

老齐接过话茬：“一个丫头家，打什么工呀？在家待着吧，不上学了就在家干点农活，找个好主嫁人得了。”老齐在饭桌前坐着扭过头来不悦地看着她们娘俩。

“今天你老叔说隔壁村有个小伙子挺老实的，家里有三间新盖的瓦房，要给你介绍呢，我说你还上学呢。现在不上学了，你老叔要是再提，你就和他相相亲，看看行不行。你也不小了，都二十来岁了，早点找主，也好有个人帮咱们家里干点活什么的，两家成亲家也是个膀臂。”老头说话简单直接，目的明确。

“我不想这么早找对象。”小草依然机械地回答。

“这还早呀，人家王棍他们老三丫头比你还小两岁呢，孩子都有了，还是个儿子，人家多争气呀！人家婆家把她当个宝似的，整天抱着孩子在大街上见人就夸，这样多好呀！”

小草把塑料布使劲往上一甩就上了柴火垛了：“我就是不找对象！”

“你这孩子！”

她妈妈急忙给他爹使个眼色。

她爹也无奈地慢慢站起来，拄着拐杖进屋了，坐在炕上抽着火烟，一股子一股子地吐着云雾，就像个烟囱一样，袅

袅升起又散去。

夜里小草偷偷地爬起来，小心翼翼地把通知书从书包底下拿出来，放在被窝里搂着，抱得紧紧的，似乎怕被别人抢去一样。这一夜她怎么也睡不着，泪水就像影子一样伴随着她。

地里边正是忙着拔水草、锄地的时候，因为雨水多，草长得也快，吸走了土里的营养，遮挡了庄稼的阳光，影响庄稼生长。小草一早就挽着裤腿露出雪白的小腿，蹚着露水去地里干活了。

快到晌午的时候，她叔叔齐老三在田边的小道上大声冲着她叫唤，小草没有听清楚，也没有回答。他又叫了一声：“大丫头！”这下声音大了很多，连山坡上的野鸭子都吓得扑棱棱地一下子飞了。“啊，老叔呀！”“啊，你出来啊，我找你有事！”叔叔叫她过去，她甩甩手上的泥土，走到了地陇边上。一看，边上站着一个小伙子，人长得黑乎乎的，手里还拿了只活的鸡，鸡在拼命地挣扎着，发出咯咯的叫声。那黑男人见到她还有点不好意思，但还是不停地上下打量小草。她很反感，脑子一动突然想起来了，是不是就是她爹说的那个人？她理也没有理他，问道：“老叔找我干什么？”老叔神秘地笑了一下：“我给你介绍一下，这个就是……”

“我没有空，还要拔草呢！”没有等叔叔说完，她扭头就走了。

“这丫头就这样，和我大哥一样倔脾气，还是去家里和她爹说去吧！”说完还哈哈笑了两声，拽了一下那黑男人的手就走了。

“真好看！”他自言自语地说了一句，随着齐老三走了，还不时地回头，色眯眯地看着小草充满朝气的身影。

“呵呵，我这侄女不赖吧？傻小子，幸亏人家没有考上大学，要不哪有你的份呀，走吧。”叔叔也不知道是为小草这样的侄女骄傲，还是为她没有考上大学幸灾乐祸，是不是没有考上大学就可以把婚姻大事交给他管了？

那人嘿嘿地笑着也回了一个字：“走。”那语气透着得意，仿佛捡了便宜一般，不时地笑着回头看看正在地里干活的小草，好像那就是要和自己同床共枕的媳妇了。

小草回到田里继续做她的农活，拔草、平坑，她更加用力了，她无处发泄。她不明白为什么叔叔和爸爸就那么希望早点把她嫁出去，还嫁给一个这样的男人，就像个流氓，还说老实呢！呸，嫁不出去也不会嫁给他这样的色鬼。她心里气愤不已，本来因为没钱上学心里郁闷，现在又添堵了。

中午的太阳像用了聚光镜似的，烤得浑身发热，不一会儿就大汗淋漓。她把拔好的草抱到地边，拿起旁边一个二锅

头瓶子，咕咚咕咚喝起来，那可不是二锅头，里面装的是水，每次去地里干活，家人都用散酒桶或者酒瓶子装上满满的井水，拿着方便，喝着也方便。她一手拿着水瓶子，一边不停地擦着汗，自己满身的汗都已经把衣服浸透了，衣服贴在了身上，粘糊糊的很不舒服。自己的曲线身材全部展现了出来，S形的身体，就像人人喜欢吃的鲜嫩的山黄瓜一样优美，沉甸甸的大奶子跃跃欲试，她觉得这和自己的年龄有点不符。她心里想，不怨那流氓看个没完，连自己都喜欢。想到这些小草脸上似乎有了红潮，有点害羞。

沉迷中她竟然想起了自己的一个同学，他高高的个子，挺直的鼻梁，棱角分明的脸庞，见到自己就微微一笑……也不知道他现在在干什么？考上了哪个大学？真是，怎么会想他呢！脸发烫，心怦怦地跳，她把头深埋到了自己的胸前，拿着草棍在地上划着什么。

她突然想起了什么，站起来拿起镰刀就往回走。她走得很匆忙，快速移动的身躯还带着一丝犹豫和愤怒。经过熟悉的乡间小路，蹚过清凉的小河时，她没有像往常一样，用清凉的河水洗一把脸。

到了家里也到了该吃中午饭的时候了，果然不出所料，一进院门，就看见叔叔和那个色狼在家里和爸爸有说有笑。她把镰刀丢在柴草边上就走进屋里，舀起缸里的水，咕咚咕咚地喝上了。清凉的井水舒缓地流进她的身体里，这是上天送给盛夏的人们最好的礼物。

“死丫头，家里来人了，你没看到呀？一点礼貌都没有，哼！”“哈哈，大哥这算什么客人呀？以后就成一家人了。”齐老三拍了一下那男人的腿。“就是呀，大爷。”黑男人笑着积极地回答。“谁和你们一家人呀？”小草很不高兴。把水瓢往缸里一扔，走出了院门。

“你干什么去，来人了也不搁家里伺候人？”小草略带不满地说：“找小菊去”，说完便走了。“哎，这丫头是女大不由娘呀，越来越不听话了，你们别介意啊，她娘从来也不好好管教。”“你怎么不管呀？”她娘不高兴地说了一句。“哈哈，大爷，我觉得挺好的，我就是喜欢她这样脾气的，有性格。”“谁待见这样的疯丫头呀，哼。”齐老三也跟着笑了两声。

“哥哥，你看这小伙子怎么样？”

“我们倒是没有意见，回头再和丫头商量商量”。老齐拄着拐杖向前走了一步，然后坐在了院子里的小板凳上。

“都是咱们老人说了算，她们懂什么呀，大国家里三间新的红瓦房，他还会木匠，在外边干活，年年都能赚个万儿八千的，上哪找这主去呀？嫂子你说呢？”

小草妈没有回答，只是笑了一下，也不知道是赞成还是

不赞成，这也许就是一个中性的回答吧。

“大爷，到时候我还能好好伺候你们，我会手艺，小草不会受委屈的。”

“嘿嘿，倒是这个理，那我们也得商量一下，毕竟这不是小事，今天你们就在这儿吃饭吧”。

“好呀大哥，咱哥俩好好喝点儿，看我还带了点酒。”他说着话把那瓶二锅头往桌子上一放。

大国心坎里那个高兴呀，因为农村一般第一次是男方到女方提亲，只要女方一留下吃饭，就是父母同意了，至少是觉得这个小伙子不错。

这顿饭一直吃到天快黑了。这时候大国已经喝得醉意浓浓了，于是那小嘴就巴巴地吹了起来：“我在外边是有手艺的人，草嫁给我，我可以养活她，叫她享福。我还能养活你们，我每年能挣一万多呢。”说起在外边打工的那个兴奋劲把大家情绪都带动起来了，老齐头听得直点头，齐老三也不停地附和着。一杯接着一杯地喝个不停，好像遇到了知音，很久没有这么痛快地喝酒了似的。

天已经黑了，小草还没有回来，齐老三说：“我们先走了，你们考虑一下，我明天再来。”

老齐拄着拐杖，慢悠悠地站起来身子轻晃了一下，他略带醉意地说：“孩子懂什么，婚姻大事都是大人说了算。”

他其实知道小草是不会同意的，但是他还舍不得放弃这个给他买酒陪他喝酒的人。老头其实心里早就同意了，在没有见到男方之前，就已经同意一多半了，只要能干，是本分人家的孩子，姑娘到时候有新房子住，还能照顾他们娘家就行了，就挺知足了。在农村这样的家庭上哪儿找去呀，也就是上等户了。

他们老两口笑呵呵把两人送出了大门。

看着他们踉踉跄跄地消失在黑夜里，听着那远去的重复的醉话声，老两口相互看了一下。

“他爹，小草怎么还不回来？”

老头拿着烟袋向墙上磕了磕烟灰，“哼，死丫头一点都不听话”，然后一只手一背，另一只手拄着拐杖满脸通红地回屋里去了。

过了一会儿小草回来了。“死哪儿去了？”老头没好气地问了一句。

“老头子，怎么能和孩子那么说话？”

“我不是和你说了嘛。”门一摔，小草就进自己屋里去了。

齐老头隔着门不高不低地喊了一下：“你那婚事过一段时间就定了，明天你老叔来，我就和他说了啊。”有点不容置疑的感觉。

“我不找主，要去你去。”

“嘿！还反了你呢。”说着就要进屋和她女儿理论，老婆忙过来拉住他，“干嘛呢，不知道孩子心里不好受吗？”“我还不高兴呢。供她读了这么多年书，白供了，一点用也没有，还不听话，一点人情世故都不懂。”老齐唠唠叨叨地说着酒话。

屋里响起了呜呜呜哭泣的声音，小草哭了，其实她自己还不明白怎么回事吗？这样的委屈只有她自己知道。

他妈妈要进去劝劝，可是门被插上了。

“叫她哭，哭个够！”老头生气地喊了一句。

“哎，这家呀，也是没有法子。要不还是叫丫头去补习吧？”

“补补补，补个屁。早就说不叫她读书，你非要她读，到头来还不是竹篮打水一场空吗？又得回来种地，命有三分就不要争八两。”老齐埋怨个不停。

老婆子也没有和他继续争论，想起了这些年的辛酸，接着也默默落泪了。老头看压过了小草母亲的声音，也拄着拐杖进屋了，坐在炕沿上默默抽起了烟，其实他心里也不好受，他也不愿意孩子就这样度过一生，但是他也知道家里条件已经不允许她补习了。自己没有劳动能力，只有老婆一个人，确实太难了。

小草一夜没睡，搂着通知书看了一遍又一遍，不停想着以后的事情，不管怎么样，自己绝不能在这山沟子待一辈子。

第二天吃完早饭，她走到母亲面前：“妈，我要出去干活。”

“东山那块地的草不是拔完了吗？”

“不是，我要和同学一起去城里打工。”

没有等她妈妈回答，她爹就说：“去城里打工？”

“嗯。”

“一个丫头能干什么？你能搬动砖呀，还是能抹得了墙呀？”她爹说着拄着拐杖出去了。她妈也没有说话，拿盆泔水出去喂猪了，她爹走到门口补了一句：“出去赚不到钱，还得花路费！”

“我自己弄路费。”小草倔强地说。

“你弄到，你就去。”老头也不甘示弱。

老头使劲顿了一下拐杖，然后出去乘凉了。

父母本来以为孩子只是随口那么一说，谁也没有想到，第二天她真的收拾东西准备走了。其实也没有什么可收拾的，就是几件很旧的衣服。

齐老头又一早就出去了。

她妈妈说：“你说你一个人出去，我们也不放心呀，一个丫头”。

“不要和我爸爸说，否则他不叫我去。放心吧，我同学的姐姐在那边是电器公司的经理，一个月能赚好多呢，我同

学暑假在那边打工一个月还能赚两千呢。”

“哎，你爸要是知道还不气死呀。”

“在家里不赚钱，谁供弟弟读书呀？叫他到时候也和我一样呀？”小草边收拾边说，心里又是一丝酸楚。她妈妈默默地看着，又想了想家里的情况，觉得孩子说的有理，再说也不能叫她一辈子和自己一样就窝在这死山旮旯里呀。站了一会，她默默地从小木匣里拿出了一叠零钱，十块的是最大的面值，五块、两块的、几毛的，还有几个钢镚，加起来也就三十多块钱。她慢慢地给女儿伸过去，然后说：“就这点钱了你拿着吧！”

“不要。”

“不要？那你怎么去呀，去了吃什么？”

“我同学先给我垫上，赚了钱再还给她。”

说着她拿起包袱就要走，当走到门口的时候突然回来抱住妈妈，哭着说：“多保重，妈妈。我会努力工作赚钱，叫咱们家过得好点。”

她妈妈紧紧抱着女儿，也不住地流泪，“你自己在外边要多加小心遇到坏人，别被欺负了。”说完用那长满老茧的手给小草轻轻地擦了擦眼角的泪水，依依不舍地说：“都怨妈妈没有能耐，要不你还能补习一年。”小草轻轻地摇了摇头，内心也很痛苦，但没有再说话。

第二章

小草这一走就再也没有回头，像是下了某种决心一样。她眼角的泪水像断了线的珠子，不停地散落在故乡的泥土之中。

母亲呆呆地站在院子里，然后突然快步跑到了门口，双手扶着门框，望着远去的女儿不停流泪。当女儿的身影慢慢地由大变小、由清晰变模糊，最后消失在乡间的小路上，她突然放声大哭，这是造的什么孽呀？这么小的孩子，还是个女娃就要给别人干活、听别人使唤，离家那么远，要是在外边有事可怎么办呀？又没有个人帮衬着！

她满眼含泪又充满希望地走在山路上，不时会碰到熟悉的人，也会经常有熟人问她考上大学没有？她都很热情、淡然地回答。但是内心的酸痛没有人会知道，她的心就像

被针刺一样，隐隐作痛。

这条路她走了十几年，从上小学开始，就每天走在这条路上，她太熟悉了，哪里长的是什么花草、有什么品种的树，哪里有块大石头，哪里需要拐弯，哪里比较危险，甚至下雨哪里有一小坑，她都能记得清清楚楚，几乎闭着眼睛她都能顺利地走过这条路。她不舍得她那青丝白发的母亲，她怎么放心腿有残疾的父亲，还有那活泼可爱的小弟弟？但是为了家里能够改善生活，能够赚钱供弟弟上大学，使他不像自己一样无奈地生活，她一定要叫弟弟替她实现梦想。她必须要走出去，多赚点钱，创造一番自己的事业，改变这困苦的生活状况。想着想着，她仿佛看到父母欣慰的笑容，以后弟弟在那美丽的大学校园里学习的影子。一想到这些，她心里就会得到了某种鼓励和安慰。

“丫头，你要去哪呀？”

“啊？老叔你怎么在这呀？”

“我刚赶集回来，天不亮就赶集去了。”

“那么早呀？”

“是呀，买点肉，你不知道你老叔喜欢喝两口呀？”站到小草面前，他拍了小草肩膀一下，“哈哈，等你和大国结婚了，我好好喝一顿你的喜酒啊。”

“说什么呢？我才不和他结婚呢。”小草有点生气，说完扭头就走了。

“哎，你这丫头，多好的人家呀？人家有房子，还有手艺，多好。这丫头没有眼力，还怪我们大人！”他突然看到她背着个布包，又停下来大声问道，“丫头你背包干什么呀？要出远门呀？”

“找我同学。”她头也没回地喊了一声。

“死丫头，都要找主了，还疯呢。现在这丫头片子都不听话，等有婆家了就有人管了，哼！”他背着手拉着长音，自言自语地说。他手里拎着的四两肉在背后来回晃荡着，不时还哼着小曲，然后拐过了山弯。

齐老三越想越不对，这丫头怎么拿了那么多东西？是回去复习了？也不对呀，哥哥说她不复习了，那就是跑出去逛亲戚了？唉，爱干什么干什么吧，孩子现在都这样。他无奈地摇了摇头，也没有再多想。

小草这次从镇上到县城的路上没有步行，她坐了到县城的班车，花了两元钱。现在生活条件好，去县城买东西办事的人多了，车少人多，车上的人都快被挤成照片了。

卖票的还不停地说：“大伙再向里边挤挤，你自个到是往上边挤呀，快点，里边的再往里走一步，一会儿还有人呢。快点，说你呢，拿筐那个。早就说叫你放在下边车厢里，你还不放心，不就几个鸡蛋吗……”

“这鸡蛋可是给我姨奶奶送去的，他们在县城里，就喜欢吃咱们自个粮食喂的鸡、下的蛋，说用饲料喂的不是绿色的。”说自己城里有亲戚感觉好像很荣耀，她接着说，“一共 28 个，要是碎一个就是单数了，就不能送了，送人东西得双数。”

“好了！事多，什么绿色蓝色的，你那不也是红皮的，也不是绿色的呀？”大家都忍不住哄一下子笑了，“嘿嘿，你那还有白色的呢。”大家七嘴八舌地打开了话匣子，嬉笑着……“哎哎，七家到了啊，下车的快下车，你等他下了你再上，快点快点，那生菜是不是你的？”“是呀。”“快拿下去。”“唉。这道都是土，把我这生菜盖了一层……”“别啰嗦了，快点！”售票员的破锣嗓子都要喊裂了。

齐老三背着手提着那四两肉哼着小曲往回走着，那两块肉在后边晃晃当当的，一个小狗跟在屁股后，走走停停，馋得都流出口水了。快到小草家门口时，他看到小草爸爸在前边拄着拐杖走，便问道：“哥，干什么去了？”

“刚才去小林家了，过两天用他们家牲口拉点土，那猪圈下雨下的都是水，猪都没地方趴。”

“那不得掉膘呀，给它续点草。”

“不行，前一段子从地里拔了些草拿回来续上，现在都烂了。我那猪圈也是，都叫猪给拱塌了，垒上又拱，垒上又拱，哪天把爱拱圈的那个猪给卖了。”

齐老三话锋一转：“小草去她姨家了？”

“没有呀，没有吱声呀！”

“我看她还背个包，鼓溜溜的。”

“这死丫头，气死我了，看我不打断她的腿”。

“怎么了？”

“准是要跟她同学出去打工了。”

“啊？那怎么行呢，一个丫头片子，能干什么呀？要是让人家骗去可麻烦了。”

小草爸爸一边说着话，边拄着拐杖往家里走，“都是她妈给惯的。”

“哎，我说这嫂子也是，怎么能叫她自已瞎跑呢？再说咱们家和大国的亲事也该定了。我还等着喝喜酒呢，这么好的人家上哪儿找去呀？过了这个村可就没这个店了。”齐老三絮叨个没完。

“这死丫头，这死丫头。”小草爸爸说着话进了院里，正好小草妈妈正在院子里低着头边扫院子，边掉眼泪呢。

“是你叫丫头走的？”“是呀，她要和同学去城里干活。”说着把扫把在墙上磕了磕扔到了草垛上，然后用手拍了拍袖子说，“啊，他老叔来了？”小草妈妈对着齐老三说一句，齐老三嗯了一声也没有多说话。“她老叔进屋吧？”“可别进屋了，赶紧把我这肉先搁你这儿，我去把草追回来，这亲事等着定日子呢！”说完齐老三也没有等答话，顺手推上自行车就出了院门。

“她老叔别去追了，追不上了。”

“都是你，谁叫你不管教好她，有娘养没娘教的东西。”老头倔强地说，“他老叔慢点啊。”

“嗯，知道。”

“那倔脾气不是随你吗？那是你的种你怨谁呀？”

“还不定谁的种呢。”

“放你妈狗屁，你说的是人话吗？不是你的种还是东边那二傻子的？”

“行了，别唠叨了，赶紧叫她老叔给追回来得了，好订婚呀。”

“再说叫她出去闯闯也好嘛，还能赚点钱，我看那大国也是个酒鬼，别到时候打老婆。”

“你就是一天一个样，你不是也同意吗，老娘们家知道个屁。闯闯，闯个屁呀？一个黄毛丫头，还是老实嫁人过日子得了。当初读书我就不同意，看看，这不是白读了？”

老婆子一看老头挺来劲，也就不说什么了，回屋里去收拾了。

十几公里的路，小班车却走了四十多分钟，颠簸得厉害，

到处都是泥土沙石。在路窄的地方，对面来辆车还需要停下来等那车过去再走。

终于到了县城，她在他们高中学校门口下了车，她想再看看她生活和学习过三年的地方，这里留下了她太多的回忆。她向学校里走，观赏着周围的一草一木。那圆形的科技馆，宽敞的教学楼，那一排排的乒乓球案子，篮球场上那白马王子飒爽的英姿，林荫路上那往昔学习的身影，同学们之间打闹后时清脆的笑声，在体育场边给林子百米比赛加油的喊声。那温馨快乐充满阳光的往昔岁月，在她的脑海里不断地旋转。

又回到自己曾经的教室和课桌上默默地坐着，凝视着黑板，目光似乎已经停止在哪两平米的地方，不舍得离开。她多么想回到从前，回到那充实、紧张、快乐、充满理想的高中生活呀。想着想着，她的脸上浮现了泪水。

正在这时，教室闯进一个女孩，这个女孩叫小曼，染着黄头发，身高一米六八左右，大眼睛，鼻梁挺直，皮肤白皙，面色红润，穿着高跟鞋，淡蓝色的上衣，一条牛仔的超短裤，更衬托出她那修长光滑的美腿。一双粉色的凉鞋，没有穿袜子，脚趾葱郁雪白，含有光泽，全身没有多余的赘肉，青春活力尽显在她的身上。她走路风风火火的，叫人看了几乎要屏住呼吸。她是县城里的，家生活条件好，人讲义气，比较时尚，好多男生都喜欢她，她却无动于衷，很多女生

都在心里嫉妒她。

她唯一的缺点就是不好好学习，所以要去她姐姐那里打工。虽然她家里希望她在学业上有所成就，但是她实在不是学习的材料。

“哎，我说小草，你这是干什么呢？是不是想你的白马王子呢？知道你就在这儿多愁善感呢？还是想你那没有去上的大学呢？”一连串的问话没有给小草说话的机会，小草慢慢地站起来，“小曼来了？我想在这里待会儿。”

“你呀，就是事多，走吧，一会儿赶不上车了！”说着她就拽着小草走出教室，边走边说，“上学有什么好的，我姐姐说她们老总只有初中文化，手下很多个手机连锁店呢。想开点，不上就不上呗。”小草也好像下了决心，“嗯”了一声。

说着，两个人向长途汽车站走去。

两个人走到车站的时候，有一辆长途汽车已经启动，小曼拉着小草的手奔上了车。

“大家坐好了啊，车要走了，你们俩的票呢？”

“多少钱？”

“35。”

“什么？”小曼说，“不都是30吗？要不我们不坐了。”

售票的看了一眼，“30就30 。”小曼爽快地拿出了

100，小草拿出那些七零八碎的钱，小曼说：“我给吧，以后你有钱了再给我。”

两个人坐下后，车子就开动了，在驶出县城的时候，看着那渐行渐远的故乡，心里思绪万千，看到路边上的村庄，小草想起了爹娘，想着妈妈那劳苦的身形，凌乱而有些发白的头发，父亲那弯曲的背影，心里一阵阵发酸。侧头看看身边的小曼，她竟然睡着了，她久久望着车外，于是在心里写下了一首诗：

岁月远逝似流水，
一朝东去何日回。
儿今此去荆多路，
若不成名誓不归。

老叔骑着自行车一路追去。一会儿上坡一会儿下坡，终于大汗淋漓地到了镇里。一看下营子站口这没有他侄女，估计已经坐上去县城的汽车了，然后他又飞快地向县城追去。但这是个上下坡，先上坡后下坡，他满身是汗，气喘吁吁，又加上夏天天气炎热，终于受不了了。他推着自行车向坡上走，边走边用衣服擦脸上的汗。还不时自言自语地说：“这丫头真是不听话，也不知和谁学的。还偷着跑了，不守本分，要是人家知道了，也不要你这样的。”下坡倒是很快，像一阵风在吹着他一样。到了车站，打听了半天终于有人说：“是不是背包的那两个女孩？”

“不是，就一个呀。”

“哦，那我就不知道了。”

一想，哦，说不定是她同学，又一打听，果然是，在半个多钟头前就走了。

这下追不上了，只好垂头丧气地骑着自行车往回走。到家里都下午两点多了，正是一天里温度最高的时候。一进门只说了一句“这死丫头没治了！”直接就奔向大缸在里边舀水喝，咕咚咕咚地喝上了。小草爹听到声音赶紧拄着拐杖出来问：“咋的了？丫头呢？”

“走了走了，早到北京了，”他气喘吁吁地说，“到北京疯去了，学不来好的。”

小草爹气得自言自语地说：“婚事怎么办呀？”

老叔说：“这都是父母之命媒妁之言，先给她办了订婚，然后叫大国去找她回来结婚不就得了？”

“那她要不同意呢？”她妈妈说。

“你这个老娘们，什么都不懂！”老齐用拐棍指了一下小草妈。

“她敢，看回来我不把他腿给打断了！”

“哎，”老叔叹了口气，“那就选个日子先把彩礼过了，名正言顺地再叫大国去找她，要不人家知道了才不要她呢。人家大国家有三间大瓦房都是新的，人家还有手艺，还能赚钱，打着灯笼都难找……”

“现在能赚钱的多了，我看大国也是个酒鬼。”

“放屁，老娘们知道个屁，人家那么能干，哪个男人不喝酒？快做饭去，我和她老叔喝两盅，对了，把那个病病歪歪的小公鸡杀了啊。”

“嗯，你老叔坐着啊。”她瞪了老齐一眼去做饭了。

“不了不了，我回去吧。我们家已经做好了。”

“行了，就在这儿吧，”老齐简单拽了一下，老叔也就没有说什么，顺势就坐下了，然后就开始谈订婚的事情了。

长途汽车上了高速，就如脱缰的野马，飞速地向前驶去，两边用来绿化的人工种植的树，还有野花，都随着车速的增加变得快速向后退去。这时候小草想到很快就到伟大的首都北京工作了。这个从小向往的地方。我爱北京天安门，天安门上太阳升……的歌声伴随着自己长大。是不是北京也和这车速一样快节奏呢？她心里似乎兴奋了起来，内心有某种预感，北京将会有广阔的舞台供自己去展示，只要像上学一样努力就会有成就，她一定能够成功。顿时内心充满了希望，像受到了某种力量的鼓舞。不知过了多久，夕阳的霞光再一次光临了大地，火红的夕阳在山头上探头探脑。这是天黑前最美丽的时光，红霞映红了半边天，仿佛发光的金子又如少女的彩衣，清澈耀眼，几只野鸟掠过汽车，直奔向那霞光里，它们的翅膀闪烁着金光，分外地撩人。

这时小曼终于醒了，“草，咱们到哪了？”

“嗯？醒了，我也不知道到哪了，你可真能睡，睡了一路。”

“嗯，现在还困呢，昨天和同学一起去金伯爵唱歌了，唱得很晚，嘿嘿。”

“你就知道玩。”

“当然了，人家请客不去不是不给人家面子嘛？师傅到哪了？什么时候到六里桥呀？”

“快到古北口了，估计七点半，八点到六里桥。”

“到了叫我啊，到了就是终点了，不叫你也得下了，哈哈。”

“嘿嘿，是呀！对了亲爱的你睡觉没有？”

“没有呀。”

“真行。我给姐姐打个电话，叫她来接咱们。”

嘟……嘟……

“喂，姐，我快到了啊，到古北口了。还有一个小时吧，小草我们两个，晚上想吃麦当劳。那算了，麦当劳也不是垃

圾呀。好好，到了我给你打电话。嗯嗯，再见。”

小曼放下她的三星手机，这个手机可是1000多呀。这对小草来说简直是天文数字，小草从来没有用过手机，就是呼机也没有用过。

小草看了看小曼，“姐姐怎么说的？”

“我姐姐说，到时候她叫她男朋友，也就是我未来的姐夫开车去六里桥接咱们，他们在通州住，每天开车上下班，可好了。我以后也要买一辆车，比他们的还好。”

随着马路逐渐变宽，楼房逐渐变多变密集，车终于驶入了北京城。夜色降临道路两旁的摩天大楼，几乎都闪烁着灯光。到处都是人山人海，不时就要堵车，现在车可不像刚才那么快了，行驶得很慢，不时还停停走走的。小曼急得一会儿起身看看前边，一会儿起身看看司机：怎么还不走？

“小草，北京就这样，我经常来，天天堵车，这里都是有钱人。很多人都有车，房子可贵了，都一两万一平米，咱们要是能赚到钱买房子可厉害了，实在不行就找个有房有车的老公嫁了，一下就成富翁了，哈哈……”

“净想美事呢，有钱的谁要咱们呀？还是自己赚，那样多踏实呀。”说着话车就到了三环了，灯火辉煌，人头攒动。小草感觉北京这个大都市很神秘。

北京就像一个饱经沧桑的老人，厚重、深沉，环视着

四方，给人以一种庄重而不奢华的感觉。太美了，这才是我想要的地方，这里一定有我发展的大舞台。我要用我毕生的力量在这里创造成就，实现我自己的梦想。

看着想着，她心情突然好了很多，也充满了希望，似乎马上就有美丽的前途在等待着她的到来。未来充满阳光，无限光明。虽然觉得自己没有去上大学很是伤心和遗憾，但是现在看到这繁华的都市，心里也有了些许安慰。

车还在缓缓地行驶着，但是由于痴情于这繁华的闹市和那璀璨的灯光，各色的高级轿车，几乎没有她们能叫上名字的。那攒动的人群，写着各种文字的写字楼、商场、小区等等，根本看不清楚，也记不住，哪怕自己学习再好，记忆力再强，也无法记住这些名字，还有那些英文字母。黑天如白昼一样，似乎在这里没有黑夜，光明时刻照耀着整个城市。

小草现在思绪万千，斑驳琉璃的世界冲击着她的眼球，净化着她的思想，转变着她的一些陈旧的观念。她爱这样的城市，这样的繁华都市，爱这里那些忙碌的人们，这里是中国的政治文化中心，有深厚的文化底蕴。这里是她小时候就向往的地方，这是一块神奇的土地，承载着几个朝代的中央权力中心。

她的脑子几乎乱了，不知为什么，现在似乎只有兴奋和好奇。

虽然车又慢慢地行驶了很长时间，但是小草根本就没有感觉时间有多漫长，似乎还觉得短了。在车上看着这座古老而现代的城市，她几乎上瘾了，不知不觉就到了车站。

“小草下车了。”小曼推了她一下。

“哦？”

“怎么了？傻了？嘿嘿，是不是看到那些小帅哥了？”小草有些害羞了，拿粉拳轻轻地捶打了小曼一下。

第三章

刚一下车眼前就走过来一个女子，上来就说：“小曼，是不是堵车很厉害呀？今天是周末。”然后热情地接过了小草的行李，“这就是小草吧？”

“嗯，对了，这是我姐姐，叫晓萌。”

“姐姐好。”

“好，快走吧，那边不允许停车，交警来会罚款。”

“好的。”小曼回答了一下，然后就向车站外边走去。

这时小草才有时间看看晓萌，晓萌穿着一双高跟皮凉鞋，凉鞋是乳白色的，鞋带一直缠绕到膝盖上了。里边是一双黑色的蕾丝袜，上边一条灰色的超短裙，上身着一件淡蓝色的上衣，盘着头发，双腿白皙，修长，微胖一点，眼睛大大的，水汪汪的，一笑还有两个酒窝。露着两只雪白的发光的小手臂，手指修长，指甲染上了水晶，和真的没有什么区别，只是显得干净、利索、亮丽一些，这是典型的职业人士，并且是高级白领，她那衣服一定很贵，虽然小草并不知道是什么牌子的，但是看起来，材质柔嫩，轻盈而不失大气……

“小草对北京第一感觉怎么样？”晓萌问到。

“挺好的，这地方太好了，小时候读课本里都有呢，比课本里还好呢。”小草终于打开话匣子了。“呵呵，是呀，慢慢你就不这样觉得了。”小草反问：“为什么呀？”

“太累，太乱，压力太大，太漂泊。”她边提着包，边扭着丰满的臀部，显得风韵性感，女人味十足。

“是呀是呀，不过有钱就好了。”小曼说道。

“钱有那么好赚呀？得付出，还得有机会才可以。尤其是咱们外地来的，一开始两眼一抹黑。”

“嗯，是呀。”小草说。

她们终于走到了车站对面的的一个人行道上。

那里停着一辆车，白色的，新新的，里边走出一个男子说：“今天又堵车了吧？这破路整天堵车，把东西放在后备箱吧。”说着一按手中的钥匙，后备箱自动打开了，和电视机似的。后备箱很大，所有东西都能装上，而且还有空余空间呢。

这车可真漂亮，在村里从来都没有见过谁家有大汽车。是不是北京人都很有钱，赚得都很多？大部分人都有汽车？小草心里不停地想着各种她看到的东西和问题。

路上依然拥挤，车行驶得很慢，但是这美丽的大都市却有小草看不完的东西，无限地神秘惊奇，道路两旁的路灯明亮如白昼。二十四小时开着的各种店面，大型超市，传说中的西餐馆，各色的形状各异的汽车，穿着时髦服装的行人，叫人眼花缭乱。

车里很是热闹，晓萌不停地问小曼家里的情况，父母身体好吗？热不热呀？家里楼道现在还是那么脏吗？有没有人打扫？“还是那么脏，没有人打扫。”“不是现在增加物业费了吗？怎么还没有人打扫呀？这点就不如北京了。”说完又哎了一声，然后说：“你们还不如在老家找点事情干呢，我都在这待腻了，北京就是个围城，进来的人想出去，外边的人又想往里边钻，这一线城市生活压力太大了。赚得多花得更多，整天忙忙碌碌，每天都感觉睡不够。”

“小草你怎么也不读书了，听小曼说你学习很好呀？”

“她呀，”小曼又接着说：“其实是考上了湖南大学的，还是重点本科呢，她也是我们学校有名的才女，学校考上重点学校的不到十个人。”

晓萌问：“那为什么不去呀？是不是被别人顶了？”

“不是，是她家里没有钱，他爸爸有病，腿脚不利索，弟弟还小，还要上学。所以才没有和家里说自己考上了，就说没有考上，为了出来打工养家。”

“是呀？那真是可惜了。不行借点呗。”

小草说：“我们家都借很多钱了，也不想再叫父母操劳了。”

“真是可惜了，”晓萌有些惋惜。

“上不上学现在也都差不多，好多人上完学也找不到工作，还不如早工作，慢慢也能发展好，以后雇一帮大学生给你干不就得了。”那男的终于开口了，“看你这么漂亮，以后找个有钱的老公，到时候也会有很好的生活。”小草听他这么一说害羞地低下头小声地说：“我要自己赚钱干事业。”“呵呵，小草还害羞了呢，你看你看，脸都红了，别逗她了啊，人家刚出来别老拿人家开涮。”说完晓萌打了男朋友一下，然后大家都乐了。

就这样走走堵堵地走了大约一个多小时，然后进入了一个宽敞的小区，还站着两个保安，见到有人进来就敬礼，和部队似的。这小区可真大呀，一眼都望不到尽头，到处都是高高的楼层，楼层上灯火辉煌，发出幽暗而又具有穿透力的灯光。小区里边停着一排排的小汽车。红的、白的、黑的、蓝的，各种颜色都有。这里真是人间的天堂，遍地黄金呀，这里不愧为祖国的首都，做梦也没有想到世界上还有这样繁华、热闹、美丽的地方呢。她的心始终处在兴奋之中，除了刚才提到上学的事有些郁闷外。

现在内心深处已经没有那么多遗憾了，觉得这里才是她真正的理想发展地。

车悠悠地驶进了一个用木栏杆挡着的地下通道，栏杆边上有一个保安，保安的身边立着一个机器，一闪一闪的。车行驶到洞口的时候，小曼姐夫拿出一张卡刷了一下，只听“吱”的一声，那个栏杆自动升起，车子钻进了地下，围绕着弯曲的路直接下到地下二层，这里非常宽敞能停放几百辆车，这是一个多么大的工程呀！

停好车，拿好东西。一行四人直接走进了地下二层的电梯间，这是一个相当豪华的电梯间，电梯里边还有固定的电梯小姐，随时问您好，您去几层，并且替你按一下号码。电梯里凉爽很多，因为里边有空调，小草抹了一下额头上的汗，很快到了28层。

28层有一个宽敞的过道，过道分为两个方向，应该是东西向，每个方向有三户人家，他们向东边一方走去，在最里边一个门写着2806。小曼对小草说：“姐姐家号码很吉祥吧？爱发有顺。”“是呀，数字真好，2806真好。”“是呀，为了这个数字多花我20000块呢。”“啊？这个数字怎么还花钱呀？”“是呀，选号时候一样的平米一样的结构，2806 就要比 2803 多两万，那我还是找了卖房子的销售经理呢，否则还拿不到呢。”哎，真是一个数字就够大学四年的学费了。小草心里想着，却惊讶得半天说不出话。

姐夫开开第一层门，第一层是个铁门，适用于防盗，主人在里边，陌生人在外边，等确认了身份再开这个门进来，这样就可以增加安全系数。北京这个大城市可不是农村老家，在农村老家晚上连院门都不用关，甚至屋门也不用锁，夜不闭户，也没有人偷东西。偷鸡摸狗的年代已经过去了，一去不复返了。第二层门是个紫铜色木门，上边有个小孔却看不到屋里边。小孔下边的门面上用金色和红色勾勒出一幅牡丹画，花叶和已经盛开的花朵清晰可见，感觉清新淡雅，门靠近入口的边上有环纹，线条柔美流畅，门边上是金黄色的把手。看起来显得高贵典雅，华丽而大气。

正在惊叹之际，门已经缓缓打开了，晓萌姐忙着先挤进屋，速度很快，正在刘军拔钥匙的时候，她已经迅速地从一个三层的鞋架上拿下四双拖鞋，自己穿了一双，然后说：“小草、小曼快进屋吧。”“嗯，好的晓萌姐。”小草客气地回答道。她在刘军之后跟了进去，马上学着他们换上了一双曾在电视上看到的韩国人穿的凉拖。晓萌顺手把她的包接过去，直接就放到书房里去了。可能是怕丢了，也可能是怕弄脏了客厅。小草从家里出来时虽然比较干净，但是这么远的长途，背包上落了很多灰尘，这时候她听见晓萌又拿着包去了卫生间，听到里边啪啪拍打书包的声音。小草心里稍有些不适应，不是因为生气他们嫌她脏，而是觉得不好意思，给人家添麻烦，所以她决定工作后自己出去住。

小草换上鞋，抬起头又是叫她羡慕的一幕，迎面是一个长 1.5 米，高 1 米的屏风墙，墙很厚实，上边放着一个大的长方形的鱼缸，厚度和墙的厚度一样，长度和墙的长度一样，似乎就是为了这个鱼缸而做的墙体。鱼缸高约两米左右，里边有黄色、红色、白色、黑色等各种颜色的金鱼，有的在鱼群中迅速地窜来窜去，有的慢慢柔柔地游动着，有节奏地张着嘴吞吐着泡泡。有种黑色的鱼更有意思，靠着玻璃游动着。鱼缸底下是一层五颜六色的彩石，上边铺着许多贝壳，在光线的照耀下，鱼一游动还会使贝壳发出彩色的光线。一条吸水管通入鱼缸里，冒着泡。小草忍不住好奇地问："小曼，这个管子是干什么用的。""是给小鱼换气的，要是不这样，水里边的氧气不够用，它们就会憋死。呵呵，笨丫头。那也不是水管呀，那是电的，老土，以后要多看看，多学呀，社会上可比咱们学校大多了，要学的东西多着呢。否则不好混呢。"她说完就笑了，小草也笑了。晓萌听到了也笑着说：

“还说小草呢，你还是自己好好照照镜子吧。”说完笑着把书包放回了书房，可能她也怕小草有想法，出来后就说：“我打扫一下你的背包，回头上班时候我给你一个新的，我有好几个挎包呢。”“没有关系，不用了，晓萌姐，我这个就行。”这时候，小曼轻轻推了她一下：“小草你客气什么？给你就要呗，要给我东西我从来都要，不给还要呢。”“就是呀，这点你得向小曼学习啊。”小草不好意思地笑了笑，点了点头。但是小草是个自尊心很强的人，心里却想：“我必定不是她亲姐妹，以后还是要自立。总叫别人帮不是办法，一两次还可以。”

刘军真是个好男人，一进屋什么也不说就直接进了厨房。一开始小草专注于鱼缸，还没有注意别的地方，她被小曼拉到沙发上说：“咱们看看时尚杂志，看看有什么好的东西，都流行什么款式的衣服和鞋子，我叫姐姐给买点。”小草在沙发上坐下，这时候晓萌给她们递过来两杯黄色橙汁，“小草喝这个可以吗？我知道小曼喜欢喝这个，也不知道你喜欢什么。”说着把杯子放到了她们面前的茶几上，小草忙起身象征性地接一下杯子以示礼貌。

小草起身抬头看到了对面是一台 42 英寸的超薄电视机，电视机写着联想和英文字母。黑色的边框，电视机下边是一个长两米高半米左右的电视机柜子，中间有两块有机花纹玻

璃格成上中下三层，最下边一层是功放机，中间是DVD，最上边一层是影碟机，这些都可以连接到电视上。最下边和两边是抽屉，乳白色的电视柜用银白色的贴条镶嵌着，拉手和边缘都是用银白色的铁质材料做成。乳白色的墙上挂着一幅桃花图，颜色沉稳鲜嫩，画风拘谨而富有创意，在桃花树上画了两只喜鹊，桃花有的已经盛开有的含苞欲放，桃枝画得粗细合理，线条婉转而含蕴。画的左边有一行字写着“春满桃花，鹊登枝头”八个大字，下边写着辛酉年寅月，字迹苍劲有力，古朴大气，九曲回肠，如长江之水，英姿飒爽。右上角和左下角各有一枚红印，印上写的人名她也没有听说过。在上边是圆顶的棚，吊着一串灯，像莲花一样，一共六个花瓣，发出束束灯光，照得满屋子亮堂堂的。因为地面用的是乳白色的木质地板，所以可以把这黄晕的光再次反射，使屋里显得更加明亮了。窗子是白底大粉花与金线纺织的杜鹃相结合，显得富贵而不奢华。紧挨着窗子的正面墙角放着一台书柜，两米多高，一边顶着电视柜，一边顶着窗子那边的墙。书柜是淡黄色的，使整个乳白色的屋子里终于有了一点新奇感。书柜内装满了各种书，保健的要占比较大的比重。小草似乎有点不解，但是一回想电视上说白领几乎都亚健康，她才突然明白了。哦，原来大家都比较注意身体呀，难道他们比农村的父母还累吗？她摇了摇头表示不是很理解。因为

在她心里白领应该很风光而不是很累，否则家里为什么说读书才能整天坐办公室赚钱，生活好而不累呢。小草想着也就不由自主地望向了那幽深而闪烁的天空，她未来会风风光光地回到家乡吗？

她正在神往远方的时候，却被小曼拉了拉手，“哎，姐们儿，是不是刚来就想家了？可不带这样的啊，咱们可是来赚大钱的，我可不送你回去啊。”“不是不是，没有想家。”不说还好，一说小草还真有点想家了，主要是担心父母的身体，尤其是腿脚不利索的父亲，还有那十来岁的弟弟。但是回想起来，出来不就是想叫他们以后生活好点，给自己和家人一个翻身的机会和希望吗？想到这里，她微笑着说，“小曼，我是羡慕你姐姐家里真好，真豪华富丽堂皇，你看，茶几、沙发也是乳白色，和地板一样，搭配真漂亮，在这里感觉和人间天堂似的。”“老土，人家城里人，哪家都这样。”“啊，是呀？那太厉害了。”“你们俩说什么呢，吃饭了。”小曼接过话：“姐，小草说羡慕你呢，说家里富丽堂皇。”“那可是过奖了，现在都装修得很好，随便一装修就要十几万甚至几十万。”“啊？那么多呀？”“是呀，现在都这样。”“我一辈子还赚不来呢！”小草有些感慨。“看你说的，好好干，你也会有的，北京这地方只要努力赚钱还是没有问题的，就是花销太大，生活压力太大，不适合人生活。”小草“哦”

了一声。她边端菜边说，声音清亮而温柔，显得和蔼亲切。

好男人就是好男人，刘军做的菜很丰富，有红烧带鱼，宫保鸡丁，蒜泥炒油菜，苦瓜炒鸡蛋，还有一个豆腐鲫鱼汤。真是神速呀，一个多小时做了这么多东西，餐厅里充满了香气。小草来到桌边，帮着整理桌子上的菜。小曼却把时尚杂志向沙发上一扔，说了句："哇塞，这么多好吃的，爽死了。我最喜欢吃姐夫做的豆腐鲫鱼汤了。"刘军笑笑说："什么？别的不好吃呀？""不是不是，好吃好吃，都好吃。不过嘛，这个是我的最爱，我以后找老公也要找一个姐夫这样的，上得了厅堂下得了厨房的男生。"姐姐笑着说："拉倒吧，才多大呀，整天想着这些，先好好干点事业再说吧，再说你这样的三无人员，哪个有本事的男生要你呀？""怎么三无了？""无学历，无工作，无金钱。不是三无吗？""呵呵，我是女生。"小曼有些不屑地说。"呵呵，傻妹子现在男生女生都一样，都看重这三点，尤其是最后一点。""哪一点呀？""金钱呀，否则人家就是图你漂亮，如果只图你漂亮的也不会和你结婚，就只会和你同居，到时候还是找一个有钱的。现在男人也开始吃软饭了。"刘军呵呵笑了一声说："我可没有吃软饭，不在此列啊。""我又没有说你，哪凉快哪待着去吧。"晓萌笑着说道。

大家边吃边说，说说笑笑的，小草感觉很好，气氛活跃融洽，小草慢慢地变得也不那么害羞了，不时还逗小曼一下。大约过了一个小时才吃完饭，桌子上的东西几乎一扫而空。在小草看来，刘军就是电视里典型的好男人，长得虽然一般，说话也不多，就知道干活，不说则已，一说就很幽默，逗得大家笑个不停。终于找到了晓萌为什么会和他在一起的理由。

饭后小草和小曼分别洗了个澡，然后在一间客房里睡了。屋内墙上是卡通画，墙体是蓝色的，地板是粉红色与黄色相间的，灯光是暗红色，发着淡淡幽暗的光芒，使人一进屋就有睡意，被子是一床粉色的双人被，就连枕头也是粉色的，和床单及被子是成套的。但是枕头和老家的不一样，里边不是荞麦皮，是一种绵绵的软软的东西。后来她才知道，那是空心棉做的，布料轻盈柔滑，盖在身上暖暖的，柔柔的。空调开得感觉就像秋天一样，外边热得要死，屋里还要盖被子。

小草享受着这从没有过的生活，心里展望着未来，头脑里展现着将来的一幅幅美好的画面，她对生活充满了无限的遐想。在兴奋之余也会有突然的失落，主要还是因为学业，不管怎么样，上大学是她一生的梦想，她现在却与之擦肩而过，失之交臂。但是她很会调节自己，反过来想一下刘军的话也不无道理，学习不也是为了能生活得更美好吗？听说刘军也没有上过大学，而晓萌姐却是北京一所名牌大学毕业的，长得那么漂亮还是个白领，却嫁给了刘军，说明一个人并不是只有上大学才能有好工作、有钱，娶有本事的老婆或者嫁好老公。她想着这些，再想一想家庭的困难和弟弟那天真无邪的笑容。她心安了，内心感到慰藉，同时透过那窗帘隐隐约约地看到外边那如白昼一样的都市夜景，她更加坚定了自己的路。

她半夜都没有睡着，身边的小曼却早就没有了动静，一进屋她钻进被窝只说了一句："我困死了，要睡了啊。"然后就悠悠地睡去。不时地翻个身偶尔把胳膊搭在小草的身上，蹬开被子露出那浑圆修长的腿和莲藕般的手臂，那曼妙的身材，连小草看了都觉得喜欢。

小草当然也会暗自比较，她只是比小曼矮了一点，因为她是 1 米 68 而自己是 1 米 65，皮肤没有她白皙，但是却多了几分健康和性感。小曼是柔美之美，小草却从骨子里多了几分刚强之美。

小草想着想着，慢慢地也带着一些满足睡着了，一直睡到了第二天太阳高照，因为她们的房间不是正南方或者正东方，所以太阳从窗帘的缝隙里斜射进来，光芒虽然隔着窗帘却还是很刺眼，终于把她照醒了。当她睁开朦胧的眼睛向外看去的时候，自己竟然有些吃惊，吓了一跳，这才想起来，

这不是自己的家，因为身边还有小曼呢。小曼还在呼呼大睡，看看墙上挂着的时钟已经七点半了，小曼似乎还没有睡醒的意思，这家伙真能睡。小草慢慢地起床，悄悄地开开房门准备去厕所，因为她怕打扰了小曼和晓萌他们休息。等到她走到客厅的时候，突然看到餐桌上已经摆上了两碟包子和两根油条，还有面包，边上有一张纸条。她悄悄地走过去，看了一下纸条，上边写着：“小草，小曼，你们一会儿起床把锅里的豆浆和桌子上的包子、油条吃了，不够还有面包。冰箱里边还有果汁。我们上班去了。落款是：姐姐。”看情况应该已经有一个多小时了。

小草心想“晓萌姐这么早就上班了？难道他们每天都这么早吗？”小草带着疑惑去了卫生间。

“小曼该起床了啊，都九点多了。”“嗯，再睡会。”小曼翻了个身又睡去了，小草把手塞进小曼的腋窝下，用力挠了一下，哈哈一笑，“叫你睡。”小曼呼地起来了，接着就一把把小草拽到床上，“你敢咯吱我，看我不整死你。”然后用力拽小草的睡衣。“好了好了，I 服了 YOU。我怕你了。”小草被小曼弄得受不了了，听到小草求饶了，小曼才把她放开。因为都没有力气了，两个人躺在床上哈哈大笑。

两个人躺着聊天，“小曼，你说我能行吗？我是对还是错呀？但是我也没有选择。”“我知道你的想法。其实说实

话，你要是上学还是对的，但是条件不允许呀，不过你要是特别想读书，我可以在这儿边赚钱边供你读大学。”“那哪行呀？”“怎么不行，到时候你再还我呗。”“算了吧，我读大学即使不花家里的钱，就是我妈妈一个人根本也养不起我们这个家呀，弟弟还小，我还是找个工作好好干干吧。”

“好，既然你决定了，那就不要想了，咱们痛痛快快地的玩上几天，然后就去我姐姐的公司上班。”说着小曼拍了小草屁股一下就坐了起来，小草很敏感，随手打了小曼一下，“讨厌。”她还有些不好意思。小曼说：“都要嫁人的人了还那么纯真呢？哈哈。”

“赶紧洗涮，都已经快十点了，咱们还要去天安门呢。”“啊？去哪？”“天安门呀。”“好好，我从小就梦想着有一天能去天安门看看，看看毛主席的相片，还有人民英雄纪念碑。据说天安门广场可大了，能容下百万人呢。”“是呀，你可以看真的毛主席不只看画像，对了纠正一下啊，那不是照片，是画像，据说是很有名的，那个画家叫什么名字来着，不管他了，爱谁谁。天安门还有好多可看的景观，比如升降国旗，还有故宫等，多着呢，就是人多，上次去差点把我热死。”“啊？真的？那今天也一定很热。”“是呀，今天肯定热呀。不过没有关系，咱们拿上太阳伞，然后拿几瓶矿泉水。”

不过小草突然停了下来说：“小曼，咱们什么时候上班呀？”“急什么呀？过两天呗，咱们先逛逛，我这几天领你在北京转一圈。”“不行呀，我想早点上班，赚点钱好给我家里寄回去，要不然家里会更担心的。”“嗯，那好吧，我晚上和姐姐说叫你早点儿上班，他们正缺人手呢，现在招人呢。”“那你呢？”“我呀，先玩几天再说。现在吃饭，吃完饭准备出发，OK？”“嗯，好的。”两个人边吃着早餐边闲话聊着。

“小草，你当年是不是喜欢亚民呀？”“胡说呢，再胡说，我打你。”“呵呵，是不是说到你心里去了？”小草举手示意要打小曼，小曼夸张地喊：“救命呀……亚民快来呀，你们家小草打人了。”小草假装生气把筷子一放，说：“再说我真生气了啊。”“好好，宝贝别生气，我不说了，呵呵。”说完小曼又重新回到桌子边上，低着头偷看小草，还带着邪邪的微笑。小草拿起了筷子把菜放到了嘴里而忘记了拿出来，一直在那里含着，陷入了沉思，似乎那帅气阳光的亚民在篮球场上的身影又回到了她的脑海里。她似乎看见了那棱角分明的脸，那坚毅而充满智慧的眼睛，浓浓的眉毛……“怎么了小草？想什么呢？”“哦，没想什么，快吃吧，一会儿又到中午了。”小草被小曼这样一叫，才从沉思中回过神来，但是内心却难以平静，她一直暗恋着亚民，本来还有希望的，现在她去不了大学，亚民却考上了北京的一所大学。这样他们的层次就不一样了，以后也就没有机会来了，小草心里又多了一丝犹豫和惆怅。

第四章

北京的天气真是太热了，热得几乎叫人家窒息。一出屋门，一股热浪袭来，给人的感觉就像到了另外一个世界。走出楼道，那热浪的温度就更高了，阳光无情地挥洒着它特有的热浪。地面也上传着热气，脚底板都感觉到了大地的温暖和炙热的爱。小区里边的树叶低垂着，似乎在乞求太阳公公的恩赐，恩赐它们一些雨水，哪怕是几滴也可以。即使没有雨水，能回去休息一会儿叫它们感受一点儿凉爽的风也就满足了。那些数不清的蝉在不停地吱吱哇哇地叫着，似乎怕别人不知道它们的存在一样，一个比一个的声音响亮，天气的热加上夏蝉的叫声，使人们产生了烦躁的情绪。

看着来来回回的人依然没有因为天气而改变出行的意愿，因为大部分还是为了工作，有的跑业务，有的做工程。

大约十分钟左右，她们终于走出了小区，到了小区边上的312车站。天气这么热，车站里依然人头攒动，懒散等车的人窜来窜去，一会儿张望一会儿蹦回站台上，穿着时尚拿着遮阳伞的美女比比皆是，也有手提着皮包大热天里穿得西装革履的年轻帅哥，五花八门。还有在车站等着要钱的。“大姐，行行好吧，我要回老家没有路费钱了。”这时候突然来了一个老头向小草伸出手来，小草觉得可怜，刚要拿兜里那几毛钱给他，却被小曼截住了，“别给他，骗人的。”“啊？”“他们都比咱们还有钱呢，家里都住着楼房呢。”小草睁大眼睛看着小曼，又看看那老头，然后又不相信地看着小曼。

那老头看也没有希望，瞪了小曼一眼，倒是也不纠缠就冲着另外一个穿着不太时尚的女孩走去。

小草刚要继续问小曼，312终于来了，小曼拉了小草一下说：“车来了，快上车。”

车里还是比外边好，因为车里有空调。虽然没有座位也比较拥挤，但是温度要比外边好多了。小草还是忘不了小曼为什么那样说，不允许给他钱，看着多可怜呀？小曼却笑呵呵地说：“你这个老土，老外了不是？那些人是职业要钱的，你要是给他饭他都不要，他们大部分是一些有组织的，都有组织者，每个人都分片的，要到钱要上交一部分，剩下的自己才能要呢。他们一天专门找咱们这些比较有同情心的，每人给一块，一天下来要好几百呢，比一个普通白领赚得还多呢，听说他们在家里都有楼房，晚上还经常出去 HAPPY 呢。这老头身体还是健康的，要真是混不下去了，找个地方做看门老大爷的工作，也不至于要饭呀。他们中间还有小孩，都是被那些坏人给残害的，都是残疾，他们有的是被父母租给人贩子的，有的是被人贩子拐买来的，每天要向他们的组织者交钱，否则没有饭吃还会被打，他们都有任务，就和工作一样也要业绩。你给他们也不会落到他们手里，却便宜了人贩子，所以以后遇到这种事就不要再发慈悲了，我的傻姐们儿。”

经小曼这么一说，小草终于明白了，原来他们是这样的？她有些不理解也有些犹豫，她想：“外边的世界真是复杂呀，这么一个小小的事情都会牵连出这样一大段故事。社会到底是什么样的呢？我能不能摸透呢？是不是我真的太天真了？妈妈到底是妈妈，她虽然在农村，但是还是比我知道得多，她在我走的时候就和我说外边要注意别被人骗了。今天要不是小曼，我不就等于被骗了，并且还会很高兴地被骗，以为自己做了一件好事，其实是帮了坏人一个大忙，自己要饿肚子，却叫那些骗子吃香的喝辣的。”

小曼一路上给小草介绍着她所知道的各种事情，好像她

就是个北京通，见过好多大世面，什么都知道。哪里有买衣服的，动物园、大红门买衣服的很多，还比较便宜。这里离香山多远，颐和园就在香山边上，通州还有大运河，等等。汽车行驶过的哪些地方她也会介绍。这里就是北京第二外国语学院和中国传媒大学。那家内蒙古饭店我还去过呢，那里消费比较高，一顿饭要四五千以上呢。这个楼叫什么名字了，当年卖多少钱，现在卖多少钱，现在房子价格涨得太快了简直就是抢钱了，等等。小草觉得小曼知道的太多了，自己背都背不下来。她对小曼是又羡慕又敬佩呀，耐心地听着小曼的介绍。

车外边的风景看得小草眼花缭乱，似乎忘却了自己，加上小曼的介绍，小草对北京这个地方更加向往和好奇了。她希望自己能很快了解这个城市，融入这个城市，只有这样才能使自己更好地展示出自己的价值，创造自己的成就。这座城市太神奇，太迷人了。

近一个小时后，她们到了一个叫作大望路的地方，小曼催着小草快点儿下车，“一会儿下不来了。”是呀，人太多了，每个人就像一只只老鼠在收缩自己的肚皮和筋骨，用力地向自己的目标挤去，小草心里想真好玩，要是自己和那些江湖艺人练过缩骨功就好了，呵呵。她还在努力地前进着，小曼已经到了下车的门口，着急地说：“快点呀，你给让我一下。”站在小草前边的那个哥们儿向边上挪动了一下，小草终于过五关斩六将，到了下车口，上边写着下车请刷卡，这时小草才想起来还要刷卡呢，差点忘了，急忙把早上小曼给她准备好的卡拿了出来，向那闪亮处按了一下，没有刷上，小曼说：“嗯，我刷了啊。”“没有刷上。”“给我。”小曼抢过去又刷了一下，果然不一样，只听到嘀的一声，小曼说：“听到了吧，这才是刷上了呢。”小草明白了，这时候车停了，车门打开了，“大望路到了啊，先下后上，到公主坟的，不到菜户营，区间听好了。”这时下边简直要疯了，一大堆人在那排着队，小草在小曼的牵引下终于下了车，挤出了要上车的那些人群。

她还没有反应过来，又听到小曼说：“小草快点，1 路车来了，快点儿快点儿。”小草机械地在小曼屁股后跟着跑着，几乎用了她平生最快的速度，终于又使出劲浑身力气挤上了 1 路公交车。这辆车上依然很挤，似乎比刚才的车还要拥挤，幸好自己在小曼的带领下找到了一个有利的位置，扶着把手还能看到外边的景色。小草已经跑得气喘吁吁，当她回头看看小曼的时候，小曼也一样气喘吁吁了。她们两个对视一下，笑了。小曼有些无奈，小草的心里确实有新鲜的感觉。然后一看身边的人们，也有几个人气喘吁吁，估计也是新上车的。小草心里有了几分刺激的兴奋，觉得大城市真有意思，一定也很棒，否则怎么会有那么多人来这里呢！她心里又多了一分希望，她透过窗子不住地向外边看着，然后小曼依然不厌其烦地给她介绍这里的一切。小曼在这方面是热心肠。

他们走过了现代城、惠普大厦、国贸大厦、东单等，小草看了一路，小曼介绍了一路。半小时后终于到了天安门东站。

这时小草更兴奋了。儿时人生的最大目标就是要到天安门广场来看看，因为这里有自己崇拜的毛主席画像，还有毛主席纪念堂，也可以看到毛主席的题词，还有人民英雄纪念碑和那据说能容纳上百万人的广场，还有高高飘扬的五星红旗，还有那一个个站姿挺拔，精神抖擞的国旗班的士兵们。许多许多，这些都是她梦寐以求一的事情。似乎这是她那些小伙伴们努力学习和生活的精神动力。

小草和小曼终于到达了目的地天安门东的车站，一下车迎面感觉就是一股热风，感觉从春天突然到了炎热的夏天。干热，不是南方的多雨而湿润的热，也不像北方那种清风吹过会有点凉意。汗水一下子就冒了出来，正当她站在那里不知所措的时候，小曼却在远处已经停下来叫她了：“快点儿呀，怎么傻了，是不是人多把你吓住了？”“你跑得真快，没有注意你就跑到前边去了。”“是呀，这地方你不快点，都挤不出来，这公交车跟不要钱似的，大家都往上挤，你说这些人图什么呀？大热天的从外地跑到这里来，为了看看天安门，热得要死，真是想不通他们。”小曼边等着小草边说着。小草说：“咱们不也是吗？这么热也来了。”“那不一样，咱们不是专门来的，要不是你，我才不来呢。”

小草在小曼的带领下来到了天安门广场前边，首先映入小草眼帘的是天安门，这天安门真是名不虚传呀，庄重、雄伟、高大。房顶是琉璃瓦，八角的椽沿，城楼上伸出来的是毛主席、周总理及历届领导人检阅军队的城楼，再往下是红墙，正中央是毛主席画像，画像和蔼、严肃、庄重、威严，无论你从哪个角度看这个画像，毛主席的那两只眼睛似乎都在默默的注视着你。毛主席画像两边的墙上分别书写着，“中国共产党万岁，世界人民大团结万岁”，似乎呼喊出了全世界人民的心声。这就像两句永不覆灭的警世名言，不时提醒着过往的路人和参观的人，要把这个理念传递到世界各地。城楼下边是两个大的朱红色的铁门，铁门上的圆形把手有的已经被摸得露出了白白的铁光。几乎每个进入故宫的人都要摸一下那个铁把手，说是因为抚摸那个铁把手能保佑顺利平安的。离天安门最近的地面上，是大理石组成的精美的桥，桥上是大理石的栏杆，栏杆雕刻得精细美丽，既大气又不显得奢华，既古朴又显得时尚。

桥上的大理石地板几乎看不到，因为已经被过往的行人所覆盖了。在这样的天气里还有这么多人来参观，那些人是那么地虔诚，似乎是来到这里朝拜什么一样。每一个中外友人，到北京旅游的第一站几乎都是这里，看似简单实是意义重大，影响很远，这是中华民族几个朝代的国都，占有非常重要的地理位置，可以控制北部西北边陲塞外游牧民族。这里交通发达，有通往全国各地的火车、汽车，还有只有两个小时路程的天津卫，中国最大的港口塘沽港，以及渤海湾等，这里的轮船可以通往世界各地。这里有几个机场，其中最大的是首都机场，是全国最大的飞机场也是世界上最大的几个机场之一，每天有无数的航班在那里起降。北京就像一个中心枢纽在全国起着承接东西南北的重要作用，同时在亚洲乃至整个世界也有举足轻重的地位。

小草看着这些，内心思绪万千，似乎沉醉在了这浓郁气氛之中，心里默默地祈祷自己一定要努力，在这里站住脚。在这里站住脚了，也就是进入了祖国的中心，融入到祖国的血液里，就会辐射到全身各处，这里一定会有无限宽广的舞台供自己发展。小曼又跑过来说：“小草，你以后有的是机会来看，我今天先带着你走一遍，以后你自己或者带着你的白马王子一起来也能找到了啊。”“去你的，我可没有白马王子。”“哈哈，还脸红了，说明你有，哈哈哈哈。”“谁脸红了。”“好了，不说了，咱们先进天安门城楼里边看看啊。”“走！”

两个人一起并排着向城楼的大红门挤去。小草紧紧地牵着小曼的手，生怕被行人挤散了找不到，小曼也提醒着小草“抓紧我，别一会儿被人拽跑。”小草笑了笑，也没有理会小曼，她知道小曼总是没有正经的，就喜欢拿她开涮。

他们被大队人马簇拥着一步步踏着炎热靠近了天安门城楼的进口处，“小草你找什么呢？”“买票的地方呢？”“呵呵，这不要票的，傻蛋。”说着用调戏的手势在小草的桃形的下巴颏轻轻端了一下。小草不好意思地打了一下小曼的腰，害羞地笑着说：“流氓。”小曼哈哈地笑了起来。“快看那是什么？”小草忙顺着小曼的手势看了一下，“什么也没有呀，怎么了？”“你再仔细看看。”“都是人呀。”“那就对了。”小曼觉得又把小草忽悠了，笑得前仰后合，也不知道她脸上流淌下来的是汗水还是因笑而流出的泪水，反正是不停地向下掉。小草这下可不饶小曼了，挥起粉拳就打，“你就知道捉弄我。”正在小曼要跑的时候，一回身碰到了一个年轻的小伙。再看这小伙，一双牛皮凉鞋，黑黑的腿毛长在那古铜色的皮肤上，穿着一条喜得龙的藏蓝色短裤，上边是一件背靠背的天蓝色的 T 恤衫，浓眉大眼高高鼻梁，棱角分明的嘴，毛寸小头型，头发还有点卷，露出的手臂和脸上、腿上的皮肤一样都是古铜色，显得健康和性感。正当小曼看得有些迷茫的时候，小伙突然把手提包捡起来递给了小曼，并带着微笑。小曼有些措手不及，内心带着兴奋，害羞地慢慢伸出手接了过来，“谢……谢谢啊！”她小声地说了一句，生怕把别人吓走一样。这时小伙子也伸出手，小曼忙握住他的手，“你好，我叫李鑫。”“她叫小曼。”小草忙着插话，然后偷偷地笑了，小曼瞪了小草一眼，心里却美滋滋的。

“快走了，别挡路。”“好好，对不起。”李鑫微笑着并且很有礼貌的对行人说。

“你也去里边吗？”“是呀。”小曼终于回过神来了。“一起？”“好呀好呀，我们正愁没有帅哥陪呢。”小曼又恢复了本性，“就你自己吗？”小曼问。李鑫说：“是呀，我自己，今天周末，我在北京都一年了还没有来过故宫呢，所以今天来看看。”小曼说：“以后回老家给奶奶讲呀。”小草扑哧一声笑了，“笑什么呀？”小曼迷茫地问。“没什么，我就是觉得应该奶奶给咱们讲故事才正常，突然我们给奶奶讲故事的，所以我笑。”小草说。小曼“哦”了一下。然后他们也笑了。“也对啊，呵呵。”李鑫答道。

就这样一行三人有说有笑地向故宫里边走去，小曼和李鑫边走边聊天，聊得很热火，而小草也没有闲着，东西看看的，在拥挤的人群里穿梭前行，很快到了第一道门的里边。

这里突然宽阔了很多，就像一个步行街，两边是古代皇宫太监宫女们住的地方，现在已经变成卖字画、卖纪念品和卖餐饮的了。有的陈列着所谓的一些文物。大街的正中央是行人走的宽广道路，用黑色砖块铺着，走着走着中间不时地会出现一些卖各种纪念品的小贩，包括布娃娃、十字绣、中国结等有中国特色的纪念物件。

小草突然有一种莫名的的失望，这里边没有自己小时候想象的那么高大、威武，虽然也很高贵、典雅、威严，但是还是和小草内心的皇宫不一样。

这时候，李鑫突然说：“啊，小曼我忘了，咱们去天安门城楼上吧？”“哦，城楼上呀？也行，哎，我和你说小草，城楼上可是历届领导人检验部队的地方呀。”小曼还没有等小草说话就开始给小草介绍了，“是呀，你还可以接见那个什么呢，呵呵。”“胡说。”小曼又瞪了小草一眼，小草把嘴凑到小曼耳边说：“要不你们去吧，我等着你们，别叫我这个电灯泡把天安门城楼照亮了。”“小心我回去拧你啊。”小曼假装做出要拧小草的架势。李鑫只是微笑地看着她们两个窃窃私语，然后什么也没有反应，只是说：“美女们那就前进吧？”“好，你在前头带路。”小曼说着。大家在欢笑中向售票处走去。

李鑫走到窗口准备买票，售票员说：“15 一张，几张？”

小草挤过去说：“我们自己来吧。”“不用，一起一起。”“那哪行呀？”还没有等小草说完，售票员已经收了李鑫的钱，已经把零钱和票递过来了，可能售票员已经习惯了，收男人的票钱，也可能嫌他们耽误时间。

三个人走过了向上的台阶，也没有数清楚一共有多少台阶，小草本来数着呢，中间被李鑫的话语声给打乱了，也就不数了。不过确实应该不少，因为上来已经有点累了，城楼上雕刻的各种图画，美轮美奂，简直就是鬼斧神工，叫人难以置信，小草刚刚失望的情绪又没有了。她从左后方向城楼的正前方转过来，每走几步就要看看究竟，想弄明白这些设计是怎么完成的。小曼在前边不停地叫小草，紧怕他掉队，小曼停下脚步说：“快点呀，小草！”小草紧走几步，鬼笑着对小曼说：“怕打扰你，呵呵。”小曼还很自信地拉着长音说：“打扰不了的！”小草禁不住暗笑，还真以为我怕打扰你呢。心里好像占到了便宜，美滋滋的。

他们加快了几步，终于到了城楼的正中央，啊，真是太棒了，终于知道领导们为什么喜欢站在这儿了，因为这儿实在是太高了，视野太宽广了，整个天安门广场包括前门以及长安街两边都尽收眼底。有一种登泰山而小天下的感觉，也有一种高高在上的感觉。首先映入眼帘的就是那耀眼的飘扬着的鲜艳的五星红旗。国旗的旁边站着四位护旗手，他们精神抖擞，英姿飒爽，挺拔如松，似乎与国旗杆一样笔直，一动不动。他们守护着比他们生命还要重要的国旗，担负着全体中国人民的重托。在国旗的南边不远处就是小学时候学过的课文中所说的——人民英雄纪念碑，高宽都是和课本里边描述的一样，显得那样地雄伟、严肃、庄重，似乎可以感受到那些浴血奋战的解放军战士们在呐喊冲锋，仿佛听到了那嘹亮的号角，看到了那血腥厮杀的英勇场面。小草久久看着那雄伟的人民英雄纪念碑，在想着什么，满是敬仰的表情，似乎在回忆着那些书上所描述的一幕幕，令她难以释怀。心中默念着一首自己迸发的诗句：

无数英烈铸丰碑，
万人征战几人回。
舍身博得人解放，
建国伟业不可摧。

小草正沉醉在抗日战争和解放战争的历史长河之中时，突然有人拍了她的肩膀一下，“怎么？小草傻了，看什么呢？”“哦，没，没什么，我在看广场呢，你看咱们站的天安门城楼在正中央，和国旗、人民英雄纪念碑，还有毛主席纪念堂都是在一条直线上。”“啊？是吗？我怎么没有注意呀？”“你看看。”“嗯，我看看。”顺着小草指的方向，小曼一看果然是，然后去拉住李鑫说：“李鑫你快看，还真是在一条直线上呀。”“真是一条线。”李鑫也忙着边看边回答，“估计是有说法的。”李鑫也开始和她们聊开了。原来李鑫也不是一开始看到的那样深沉，不过这更加使小曼对这个帅哥着迷。他讲笑话很幽默，比如给你讲个鹦鹉的故事：“一只鹦鹉饿了，要去一家饭店弄点东西吃，第一次去了，厨师说‘你要什么？’鹦鹉说‘来盘虫子。’厨师生气地说‘没有。’第二次去了又说‘厨师来盘虫子。’厨师又说‘没有。’并威胁说‘再来要虫子拿钉子把你嘴钉上。’鹦鹉吓跑了。第三天鹦鹉又来了。”“啊？怎么又去了？不怕被钉上呀？”“是呀，呵呵，你猜它这次怎么问的？”“是不是又要来盘虫子？”“不是！它是这样说的，‘哎厨师来盘钉子。’厨师大声说‘没有。’鹦鹉这时候接着说‘那来盘虫子吧。’厨师气得要疯了。”说完三个人都笑了，尤其是小曼，简直乐坏了，说：“那鹦鹉真聪明，比李鑫都聪明呢。”

这时候小曼和李鑫已经熟得很了，就像老朋友一样。小曼不停地和李鑫说这个说那个，小草也没有注意听，他们聊得很热闹的时候，小草接着看天安门城楼的前边，再向南又是一个城楼，边上是很多高楼大厦。小草向边上的小曼和李鑫说：“二位打扰一下啊，那后边城楼是什么？”

小曼突然意识到自己总是和李鑫聊天，忘了身边这位了，出发的时候还拿小草开涮呢！她有些不好意思地说：“那是前门城楼。”脸上却带着一抹红晕。李鑫也微笑着说：“对，那边有个麦当劳，一会儿咱们一起去怎么样？我请客。”小草说：“不去了吧？”小草可不是客气，她是真的不想去，天太热了，她想一会儿就回家，本来现在就想回去，但是看到小曼他们那样快乐，也不好意思扫他们的兴，所以也没有说出口。她是个很随和的人，所以用了一个给小曼有回答余地的口气。果然小草做对了，小曼真的想去，小曼说：“也行，小草，反正咱们回去也没有事可做，麦当劳里边还凉快啊。”李鑫也忙着帮腔，好像是他们现在比小草还熟悉呢。小草微笑着说：“那好吧，那就尊敬不如从命了。”

说完小曼和李鑫他们又叫小草去照相，小草说：“你们先去，我再观察一下啊。”小曼向她敬个礼：“呵呵，还视察呢，和领导人视察军队似的，过一把瘾。”“你别说，小草确实很有气质，小曼你是柔美的气质，小草是刚毅的美。真是两大美女呀！”小草被他说得有些害羞了，忙把脸转过去了。小曼说：“李鑫我可告诉你不许欺负小草啊，小心我扁你。”她可能是一语双关。一是说不能欺负小草，另一个原因是警告他不要打小草的主意。李鑫说：“当然了，我怎么可能欺负美女呢？”

其实小草一开始确实觉得李鑫很不错，长得帅又沉稳，还健壮，尤其是那微微一笑，浓眉大眼，脸型棱角分明，头发乌黑有点卷，穿着一身比较高档的休闲衣服，彬彬有礼的。但是现在小草有点不喜欢他了，心里甚至有点讨厌这个人，也不知道怎么回事，也许和第一面不一样吧，现在变得油嘴滑舌的，一口一个美女，给人一种挑逗的感觉，可能他的眼神也不像一开始那样深邃了，有些飘浮。虽然带着隐形眼镜，却觉得是带着透视镜一样。他总是有意无意地看小草的腿部和胸部，小草似乎又看到了西边村老叔给介绍的的那个大国的影子。他给小曼照相时候还有点故意身体接触。小草想到这儿，突然摸了一下自己的脸，然后想可能也是自己想多了，太敏感了，人家小曼见多识广的，要是李鑫真的那样，小曼还看不出来吗？算了不想了，反正过了今天，明天就不认识了。

小草接着看自己的风景，人民英雄纪念碑左侧几百米处是国家博物馆，右边几百米处是庄严的人民大会堂，这里是中华人民共和国最高的权力机关开会的地方。在这里，每一个政策的决定都将影响着中国，震撼着世界。

小草无意中又想起了自己的学业，要不是家里穷，自己也就不用辍学，可以去自己梦想的地方，圆自己的大学梦了。小草的梦想是做一名外交家，她喜欢和崇拜中国的东方铁娘子吴仪，那是她崇拜的人，也是她的榜样和偶像。从小就希望成为那样一位，有文化、有素质、有品位、有能力、有地位的新时代的政治女性。可以在外交场合与世界各个国家周旋、博弈，像那些优秀的男人一样，可以指点江山，挥斥方遒。

小草想着想着，不禁又入迷了。这是小草的特性，她经常考虑一件事情的时候，陷入沉思，异常投入，忘却周围的事情，在上学的时候也是如此。遇到一道比较难的代数题也会沉浸在里边一两个小时，有时候会忘却吃饭，非要把这道题解开为止，所以人送外号“解题大师”。

停顿了一会儿，长安街上忙碌的汽车叫醒了她，使她回到了现实之中，正在这时小曼也过来了，拍了小草一下，“哎，我说你是不是又在做数学题呢？这么投入！”小草竟然被她吓了一跳，“啊”的一声，“死小曼，吓我一跳”。同时她的神情看起来有些惆怅，小曼对她太了解了，当然也就明白了，于是很惋惜地对李鑫说：“小草其实是考上大学了，由于家里困难，为了那个弟弟读书，才没有去上大学。”小曼特意没有说小草父亲的事情，这样既表明了对小草的惋惜，也表示对小草的尊重。李鑫也跟着表示说：“真是可惜呀。”

小曼看起来蹦蹦跳跳，大大咧咧的，其实心思很细的，很重感情。

“小草走吧，李鑫不是邀请咱们去麦当劳吗？走吧。”“是呀，走吧美女。”李鑫也跟着说。小草说：“我可不是美女。”随后被小曼牵着手走了。

他们没有继续游逛天安门的其他地方，直接就越过了天安门广场，到了前门大街的东北角的麦当劳，一进去气温马上就降了下来，好像外边是炎热的夏天，而里边却是深秋。每个人几乎都同时深舒了一口气，他们几乎同时说：“真舒服啊！”“这简直就是人间仙境。”李鑫夸张地说，“对了，二位美女要点什么？咖啡，冷饮？汉堡哪种？鸡翅？薯条？”问了个遍，好像他什么都知道。小草还真是不知道，她是从来也没有来过这么高档的地方吃饭，也没有吃过这些东西。

小草说：“小曼，你要什么我就要什么吧。”然后就站到了后边，小曼说：“小草，你先去那边占坐吧，要不一会没有座了。”“好的。”小草坐了过去。看着身边和满屋的人在那里谈论着，有的犹豫，有的微笑，有的吃得满嘴是油，有的不停地向嘴里塞，而此时她却想起了家乡的那些村里的人们，那些亲人们，他们生活在什么样的环境中呢，大部分都是和她的父母一样，一辈子去过的最远的地方是县城，一辈子也没有像城里人这样出门开汽车，吃饭在饭店。据说晓萌姐他们还经常去蹦迪、K 歌，冬天滑雪，旅游，等等。简直就是两个世界，一个是人间，一个是天堂，可是叫小草不理解的是，怎么晓萌姐还说不快乐呢？哎，人的欲望真是永无止境，没有知足的时候，有了苹果还想要西瓜，有了西瓜还想要金瓜。

“小草，你可真行呀，你占个两个人的座，是不是叫李鑫站着看着咱们吃呀？”小曼他们点完回来了，李鑫很有风度地说：“为你们服务是我的荣幸。”“就你嘴贫，呵呵。好了，幸好那边有一个地方呢，李鑫快，有人要抢！”别说李鑫还真是有两下子啊，三步并两步就跑了过去，占到了座位。失败的抢滩者瞪了李鑫一下也就走了，嘴里还在磨叽着什么。似乎再说没有素质之类的话，不过人家李鑫可没有生气，更像是没有听到一样，而后得意洋洋地坐在那里，把手向桌子一放，二郎腿一翘，微笑着对她们两个炫耀说：“还是我厉害吧？”“是呀是呀，太棒了。”小草想他们两个真是一唱一和，绝了，真是一对活宝。

三个人点了一大桶，不够，又加了薯条、鸡翅。小曼很喜欢吃薯条，边吃还边说：“知道我为什么这么胖吗？”“为什么呀？”小草问道。“我喜欢吃薯条。”“你也不胖呀，多好的身材，简直就是天造地设的一对。”李鑫拍马屁道。“哎哎，你是夸我呢还是损我呢。”“小曼同学我当然是真心话了，我怎么可能损你呢，您说是吧，小草同学？”“是呀，当然是真漂亮了，你皮肤那么好，个子那么高，长得还漂亮，魔鬼身材，哪个男士见了不想多看你几眼呀。”“好哇，小草你吃里扒外，拿我开涮。”“我说的是真的啊。”小曼一看她那么正经都不好意思了，白净粉嫩的脸上挂起了一丝红晕，显得更加迷人，还多了一丝羞涩的艳丽美。这时才发现李鑫一只手拿着鸡翅，一只手拿着一张纸，鸡翅放进嘴里，却没有咀嚼，弯着腰抬着头两眼直直地看着小曼。小曼在这种夸张的表情下更加不自在了，忙说：“我去趟洗手间啊。”然后也不等有人回答就冲了过去，小草觉得有些搞笑，敲了一下桌子，“哎，李鑫干什么呢？人家都去厕所了，你还不去追？”“哦，好，马上去。”刚说完才意识到，小草在和他开玩笑，小草第一次看到李鑫真正害羞了一把。李鑫的脸色也变红了，表现出了害羞的大男孩特有的情感。

小草见不能再开玩笑了，所以很正经地说：“我吃饱了，谢谢你李鑫。”“哦哦，不用不用，”李鑫其实对小草的行为也有些吃惊，没有想到小草也会开玩笑，和一开始认识的她判若两人，在李鑫看来小草不仅漂亮还很幽默。

小曼终于缓过劲来了，在厕所深呼吸了一口气，然后出来洗完手，用手使劲地抹了一下脸，终于回归了本色。

小曼一到桌子上看到他们两个都不吃了，便问道：“是不是又在拿我开涮？”小曼夸张地伸出拳头，小草忙着把手向头顶上一挡，表示已经接招。李鑫却在边上微笑着说：

“没有，我们闲聊呢。”小曼笑着坐下了，“怎么不吃了小草。你可别客气啊，别给李鑫省着。”“你还真把自己当……”小草笑着说。到嘴边又停了下来，觉得有点太露骨了，还假装夸张地用手捂了下嘴，小曼这下却反常地没有大声说话，要是以前肯定会大叫一声，又夸张地举起粉拳，那是她的招牌动作。李鑫却没有觉得怎么样，只是笑着说：“走吗？”他用征求的语气问小曼和小草。“走吧。”小曼有点不情愿，她知道出去后用不了一会儿就会和李鑫分道扬镳了，她不知道什么时候还能再见面，也许还会有机会，也可能没有机会了。她想和李鑫多待会儿，因为她确实喜欢上了他，但也不知道这种感觉是不是所谓的爱情，所谓的一见钟情。小曼看起来表面上比较活跃，内心还是比较保守的，她从来没有搞过对象。

小曼没有说话，小草看出了小曼的想法，但是确实时间不早了，应该回去了。所以小草轻轻从背后捏了小曼一下，然后冲着李鑫说：“咱们走吧，时间不早了。”

三个人酒足饭饱之后走出了麦当劳，李鑫说：“你们住在哪里？我去送你们？”“不，不用了，我们住得比较远，在通州区呢。”小曼小声地说。小草却很爽快地说：“留下电话号码吧。以后有机会好联系，然后再叫你请我们吃饭呀。”说完还自顾自地笑了。“没有问题，请美女们吃

饭是我的荣幸。”小曼插话到，“说定了啊。”“一定的，这还有假，你看我像说假话的人吗？”“我们相信你的诚意。”小草挥了下手，“谢谢你的套餐。”说着拉上小曼向东边走去，李鑫却愣在原地，呆呆地看着两位神采各异的美女。

然后摇摇头微笑着转身准备离开，却又有些恋恋不舍地回头看了一眼她们两个，这时小曼也和他一样回头看了一下，结果隔着人群模糊地相互看了一眼，似乎影像更加美了。两个人都似乎看到了彼此的微笑，男孩是阳光成熟的笑，女孩是害羞的无邪的笑。

小草还在说着什么，似乎在和小曼讨论今天在天安门的见闻呢，突然觉得小曼不说话了，身子有些扭捏，转头一看，原来她在回头看呢，小草心想不是真的得一见钟情了吧？她偷偷地看了小曼一眼，“啊？怎么眼里还有泪花？小曼以后有的是机会。”“哦，我成什么样子了。”小曼用手背擦了一把脑门，表示眼角不是泪水而是天热从脑门滑落的汗水。

“小曼，我留着李鑫的手机号码呢。”

“我不要。”小曼有些不好意思地说。

“还不要呢，估计过几天要是见不到，还要得相思病呢。”

“去去，瞎说什么呢？你才得相思病呢。不过你说他为什么请咱们吃饭呀？你说他学校那么多女同学怎么不带着一起来呀？”

“那还不简单，来找你呀？”小草调皮地回答。

“好呀，小草，你学会拿我开涮了，小心我打你啊。”说着就假装要打她，又举起了她那具有象征意义的小粉拳。

“呵呵”，小草被吓跑了，“行了，不说了。”小草猫着腰有些累了。也有些热了，这样的天气实在是不适合追逐奔跑。外边的人都打着太阳伞，她们刚才竟然都忘记了打开太阳伞了，小曼才从挎包里边拿出伞打开。“快进来，不嫌热呀？”小曼已经冷静过来了，小草也笑够了，打起伞迎着炙热的阳光向车站走去。不时地发出笑声，笑声中带有犹豫、快乐、兴奋和无奈，已经不知道是谁发出的笑声了。

第五章

快乐的时光总是像飞舞的蝴蝶过得飞快，当你准备好伸手要捕捉的时候，它却忽然飞走了，留下的是美好的影像。回去的时候正是赶上下班的高峰期，公交车上挤着，公交车下堵着。人来车往好不热闹。到家里已经是傍晚了。

晚上六点多了，晓萌姐和刘军还没有回来，小草不禁问小曼，“姐姐怎么还没有下班吗？”“这才几点呀，他们一般都七点多到家，主要是堵车。”

“哦，是呀。”两个人你一言我一语地聊着天。

晓萌和刘军回来时已经快八点了，小曼和小草已经把饭做好了。

今天晓萌姐吃饭的时候就问：“小草小曼你们怎么打算，是玩几天还是上班呀？”小曼还是老话题，“我过几天再上班吧。”小草确实已经等不及了，跟着说：“我想尽快上班。”“好，那明天你和我去公司，我和负责人事的说一下，怎么不多玩几天？”“我想早点上班，家里挺需要钱的。”晓萌了解他的心情，接着说：“那就明天早点起床，七点从家走，这是我给你们俩买的衣服。”说着晓萌放下筷子要去拿，刘军赶紧去拿了，打开包装一看，小草觉得真漂亮，一身米黄色，样子像西服一样，而小曼却不以为然说：“职业装呀？”“是呀，给你们工作用。”“我可不愿意去你们那地方干啊，姐。”“那你想去哪？”“我自己找找看看。”“小曼还挺有思想，有能力，好，我支持。”刘军说。晓萌瞪了刘军一眼：“你懂什么呀，瞎起哄。”“呵呵。”刘军调皮地憨笑一下。晓萌接着说：“那你自己找一下看看吧，找不到再来也行。”“嗯，ok！”小曼打了个手势，算是赞同了。小草一直微笑着看着他们，然后慢慢地咀嚼着饭。

晚饭后就是聊一些今天去天安门玩的事情，但是没有提李鑫这个人，怕姐姐误会或者又说他们不了解社会，少和陌生人接触，别被骗了之类的，唠叨个不停。然后就是交代小草明天要去上班，怎么填表，面试，上班工作内容，等等。晓萌真是一个负责又善良的人，表面上看着像是一位干练并且很强硬的事业型女人。

虽然这一天很累，小草还是有些失眠，因为第一次工作，

并且期望很高，所以内心难免有些紧张。明天我会遇到什么人呢？什么人给我面试，填什么样的表，我真的会被录用吗？工作到底是做什么呢？从此我就要像晓萌姐一样有白领工作的人了？一连串的问号在她的脑海中滚动不停。她憧憬着美好的未来。

小曼却睡得很香，除了刚上床的时候和小草又讨论了一遍今天的旅游过程和所见风景，当然不能少了一个比较重要人。

这时小草也尽量不去想那么多了，尽量叫自己睡好，以便以饱满的精神状态迎接明天的挑战和美好的机遇。

一夜无话。

第二天早上六点钟，小草就被晓萌姐叫起来了，经过洗涮忙忙碌碌的十几分钟，就完成了平时半个多小时的事，经过晓萌姐的指点和催促，吃饭也达到了前所未有的的速度。虽然手忙脚乱，但是小草难以掩饰内心的兴奋和激动。穿上晓萌姐给买的职业装更显示出了小草的完美线条，显得格外有气质，简直就像变了一个人。晓萌姐扶了一下小草的头发，然后微笑着说：“小草真漂亮，以后一定有很多小帅哥追你，你可要禁得起诱惑呀。”小草害羞地看了一眼，然后又微笑地低下了头，脸色变得粉红，几乎红到了耳边。晓萌却已经把房门打开了，小草竟然愣了一下才反应过来应该出发了，内心有害羞也有期待。

在去往单位的路上，小草一路忐忑紧张，不时会呼一下粗气。憋着脸也不说话，一直在想单位是什么样的？有什么样的工作人员？会是干什么工作呢……一系列的疑问都在脑海中浮现出来，盼望，又有些紧张。

小草没有心情也没有兴趣感受北京清晨的清爽和所有忙碌的喧闹，在不知不觉中，在不断的紧张和猜想中来到了自己将要为此而努力的，人生第一份工作的地方，也是使她变得慢慢成熟的单位。

工作地点是一个热闹非凡的商业区，这里有很多大型商场，高楼林立，大街上人头攒动，在拥挤的地方几乎看不到地面是什么样子，到处都被人的身影所覆盖。最明显的也是最有特点的，是车站对面赫然写着国贸大厦四个大字，感觉好像曾经见过，哦，想起来了就是和小曼一起去天安门的时候路过的地方。那这就是长安街了？心里不停着想着，难道就要在这里上班吗。此时在她的心里，只有在天安门、长安街周围工作才是在真正的北京工作呢。因为天安门才是她心目中北京的象征。

小草在晓萌姐姐去停车的间隙仔细地看着周围环境，心想这么大的地方我回头怎么回家呀？人来人往的人流都是急匆匆的，没有人驻足停留。真是大城市呀，人家都在忙着自己的事业，她似乎不那么紧张了，感觉也有一片大大的天地让她去发展、去发挥、去驰骋。看着那花花绿绿的人们，这个地方似乎到处都是黄金，都是机遇。每个人都是成功者，都带着成功者的范，走路都是那么地充满力气，似乎比在家里种地还要用力。形状各异、颜色不同的汽车是她此生没有见过的，令她耳目一新，眼花缭乱。都市的气息扑面而来，她深深地呼吸了一口并不清新的空气，但内心却觉得无比舒畅。她似乎看到了不久就会成为成功人士的自己，在她的努力下家里不再到处借钱了，弟弟学费不愁了，父母穿上她给买的没有补丁的衣服了，吃上了像晓萌姐姐一样的饭食了……

正当她沉浸在向往和设想中的时候，晓萌姐姐轻轻地拍了一下她的肩膀，微笑着说：“小草想什么呢，是不是在想北京真热闹到处都是车水马龙，到处都好像是有本事和资本的人。”晓萌姐姐歪着头看着小草，小草认真地点了点头。

晓萌却突然仰起头说：“走吧宝贝！小草你和我当年一样，充满理想，满脑子都是可预见的美好未来，但是这些可能没有想象的那么简单，需要艰苦而卓越的奋斗。这地方机遇与挑战并存，这地方从来不相信眼泪，也不相信梦想，到处都充满了现实主义的风尚。”晓萌姐姐边走边轻搂着小草的腰肢，不停地说着自己曾经的梦想，现实是怎么样磨练她的。小草就像听童话一样，似信非信的，带有不解和好奇。

当小草和晓萌姐姐一起走入一座大厦，入口赫然写着“美好电器”入口的时候，晓萌又拍了一下小草的肩膀，意味深长地说，慢慢你就会懂了。

“好了到了，看到没有，这就是你要工作的地方，那边是家用电器，洗衣机，空调，冰箱，电饭锅，电视机，等等。这边是电子产品专柜，有台式电脑和笔记本，还有各种手机。你呢，回头就在最左边。”小草看着那些穿着职业装的同事们感觉很时尚，很专业，自己也将要成为其中的一员了，内心无比激动，忙问：“姐姐那我一会儿就上班吗？”

“不是呀，你要先培训一周，要对你所卖的产品进行了解，各种型号，各种性能，各个不同价位，还有和客户怎么沟通，等等。这些都要进行系统的培训。回头会有人给你们这批新来的人专门培训，包括各种礼仪，还有很多东西呢，回头要考核培训成果，合格之后才叫你上柜台呢。”

“哦。”小草没有想到还要这么多程序，更加勾起了小草的好奇心。

晓萌姐姐说：“不过，你们是带薪培训的，培训时候按照实习工资发，每个月 1500 底薪，上岗后有提成。”小草只是“嗯嗯”地点头，也不知道提成是什么意思。反正 1500 已经很多了。她一家人种一年地也就赚个千儿百八的，还没有一个月多呢。

培训的过程是累并充实着，对小草来说也是比较新鲜的，第一次体会到职场女性应该用什么样的语言，什么样的眼神，什么样的站姿，什么样的手势。在工作时间应该遵守什么样的规则。同时也要学习自己柜台所有手机的型号性能，价格，针对的客户群体。怎样根据客户的需求替客户选择其满意的手机，怎样能在本店没有完全符合客户要求的手机时，适当地引导客户购买我们的其他产品。最主要的是要让客户对买到的东西觉得很满意，这样出现回头客的可能性比较大，等等。几乎是面面俱到，小草虽然觉得累但是心情很快乐，自己学到了人生的第一次职场训练，这对自己以后的工作和人生发展都是有用的。

重要的是这些培训的人员可是比自己当年的那些老师和蔼多了，谦虚干练总是那样耐心，那样细致。他们在这方面简直就是专家，不仅对自己的产品了如指掌，而且对竞争对手的产品也是了如指掌，非常清楚他们的优点和缺点。讲起竞争对手的产品和销售等情况也是如数家珍，头头是道。小草出来学习还存在着敬佩之情，尤其是对白晓丽，她更是敬佩得五体投地了，人不仅漂亮干练，对所讲内容熟悉得不能再熟悉了，讲到关键处，大家都感觉她讲的正是自己所需要但又说不出来的。而且她对人也非常好，不管你是否认真听她都会认真讲，有问题随时都可以问，绝不含糊。

小草刚从学校出来，还有学生的习惯，有问题就举手问，有时候大家还因为她总是举手而笑她呢。但是小草有自己的思想，她认为这和上学一样，只有不断地提问题，自己把所有东西掌握了，以后工作起来才会顺手，才不会给晓萌姐姐丢脸。

时间真是快啊，转眼培训就要结束了，在结束时培训的人员说领导要给大家测评，要经过笔试测评和面试考核，合格的才安排上岗正式工作，不合格的就会被淘汰。这时候小草心里有些紧张了，大家就像是考试一样，在各自的座位上答着卷子。小草觉得自己的思想负担是多余的，因为她一看问题很简单都是自己学过的，也发挥了她的考试特长，当然她也就顺利地通过了，但是没有像学校那样公布成绩，只说只有一个人因为不合格被淘汰了，这时候小草才知道那人就是经常在她提问时笑她的莎莎。

第二天安排面试，听说是他们这个店的经理和北京总部的一个新上任的业务副总来面试，据说那副总也是这个店以前的领导。前面的人有的高兴有的情绪低落，有的带着无所谓的感觉出来。终于轮到小草了，因为大家说问的问题很随意，所以也没有固定的题和标准的答案。

小草还是很紧张，自己战战兢兢的进入了面试的办公室，

办公室一共三个人，一个是店长，一个是店里的业务负责人，另外一个人小草一看就笑了，原来那个新的副总就是晓萌姐姐，小草很高兴地和晓萌姐姐说了声：“晓萌姐姐你在呀。”晓萌并没有表现高兴或者有多亲切只是淡淡地说：“张经理开始吧。”小草正在纳闷晓萌姐这是怎么了，张经理轻轻地嗯了一声，像是在提醒小草开始问问题了，小草马上回过神来。认真听每个领导的面试问题，晓萌姐姐一改往常的笑容和亲切，竟然很严肃地问小草很多问题，有的问题甚至刁钻，比如说如果客户和你吵起来你会怎么样？小草认真地回答完了所有问题，然后张经理笑笑说：“叫下一位。”小草从张经理的笑容里感觉可能还可以。

小草出来时并没有想自己的成绩会什么样，会不会被淘汰，而是想为什么晓萌姐姐好像不是很高兴呢？晚上，她正准备下班了，坐公交回晓萌姐姐家的时候，突然觉得是不是自己惹晓萌姐姐不高兴了？又想总是在他们家住也不是办法，自己应该找个地方住，反正有员工统一租住的宿舍，据说每个月只要交 200 就够了。正当她犹豫着向前走的时候，后边有人轻轻拍了一下她说：“小草怎么了，咱们一起走吧。”回头看到晓萌姐姐突然又带着笑容，依然那样亲切了。小草心情也稍好一点说了句：“姐，我……”晓萌似乎看到了她的心里，牵着她手微笑着对小草说：“你是不是今天面试看我没有理你，你有想法了。”小草点了一下头。

晓萌哈哈笑了一下，“傻丫头，这是公司不是咱们家，在公司有公司的规矩，哪能面试时候称亲带故的呀？那样人家会觉得你是走门子进来的，以后对你工作上不利，明白吗？他们根本不知道你是我的妹妹，只有张经理知道，她跟我干了三年了，我上去了，把她提上来当店长了。”小草这才明白，原来里边这么多复杂的事情呢？晓萌说：“等你工作了就知道了，在哪上班都有复杂的事情，多着呢，尤其是人际关系，再就是业绩提成等利益关系。单位也是一样分帮结派的。你以后就知道了，处理好人际关系非常重要，一定要记住这一点，当然这是在你业绩好的前提下，也就是你卖出的产品资金回流量的基础上，在企业人情世故是一方面，但是给老板赚钱更重要。”小草似乎能听懂这些，就不断的点头。

两个人在车上说了一道，不过大多数都是晓萌姐姐在说，小草在虚心听着，看来晓萌姐姐心情很好，因为前天才被提拔副总，不过晓萌姐姐也够有心计的，在没有正式任命之前，她连小草都没有告诉。可见晓萌姐是多么有城府了。

“晓萌姐这是去哪儿呀？好像不是回家的路呀。”“挺厉害呀你，才几天就能记得清楚，我一开始工作的时候几个月都记不清楚开车的路。呵呵，行呀你。”

小草含羞地低了下头，然后又说：“我怕自己丢了，所以使劲记。”“哦，这样呀，对了，我那里有个手机回头给你用，有事情就打电话，这是我的号。”“不用了姐，没事，这都是小事。”“你就别客气，对我来说你就和小曼一样都是我的好妹妹啊。”“行，姐。”“对了，给你手机你给小曼打电话叫她来和利居，咱们晚上在这里吃饭，庆祝一下。”“好的，庆祝姐姐升职了。”“嗯，也庆祝你通过了，大家一致认为你是可塑之才。”“真的呀？”“当然真的，以后好好干啊。”“嗯，一定好好干，放心吧姐。”“相信你。”晓萌拍了小草腿一下。

上班后，小草被分到了最靠前的柜台上了，每次客户进来都会先到她的柜台光临，最叫她惊讶的是，前几天给自己讲课当老师的白晓丽竟然和自己在一个柜台，这个柜台就她们两个，真是缘分呀。白晓丽上前主动和她打招呼，说：“小草你好。”小草也很恭敬的说：“白老师好。”白晓丽哈哈笑了起来，“什么老师呀，我就是和你一样，站柜台的。”“啊？是吗？那你怎么给大家培训呀？”“咱们这里谁卖的好，业绩好，来了新员工就叫谁去给培训。”“是呀，那你业绩一定最好了。”“一般吧，上个月还不错。”“那能告诉我你卖了多少吗？”“我上个月提成拿了一万二。”“啊，妈呀，怎么那么多呀？要是在老家要种好几年地才能赚到，那都算不错了，还得说年景好的时候。”白晓丽哈哈笑了，“在这里我也不是最多的呢。别的店里业绩好的多着呢，你知道咱们新升上的那个副总曾经一个月多少提成吗？”“不知道。”小草其实知道是在说晓萌姐，但是晓萌姐昨天和她说了不能叫别人知道她是晓萌介绍来的。“她曾经一个月提成就三万，要不然怎么这么快就成副总了。”小草啊了一声，正好来客人了，白晓丽去招呼客人了。

小草在心里想，其实企业还是很公平嘛，只要你能干就能赚钱还能升迁，肯定工资也会涨的。小草暗下决心一定要干出个样来，在这个大舞台上展现自己的能力。其实小草看着有时候害羞，但是骨子里她是一个很坚强、很泼辣的女人，也就是身体里拥有成为优秀职业女性的基因。

小草每次在白晓丽和客人推销产品的过程中，都会仔细听，听她说每一句话的艺术性，怎样抓住客户心理，怎样介绍产品，等等。经过一段时间的锻炼，小草开始崭露头角，第一个月就卖出了二十几部手机，但是她很聪明，白晓丽偶尔带着点怪腔说：“小草，行呀，又卖出一部啊。”小草总是说：“主要是和你一起，你带着我，我才知道怎么和客户说，所以就卖出去了。”白晓丽当然高兴小草这样说了。其实她并不嫉妒小草，只是偶尔觉得才刚来就卖得这么快，要是将来超过她了，她就显得没有面子，还会拿不到第一名的奖金。

但是白晓丽并不是一个特别较真的人。她是东北人，大大咧咧的，有时候唠嗑一说就俺们那噶的什么的，咋的，等等，听起来很有意思，有时候还很幽默。

小草也就是顺着白晓丽，所以两个人相处得很融洽。白晓丽经常请小草吃饭，时间长了知道小草家庭比较困难，对小草比较照顾。

小草这个月真是她人生辉煌的起点呀，月底除了 1500 的工资还拿了 4000 多的提成，这几乎震动了整个电器店，连晓萌姐这个副总都知道了小草的骄人业绩，使她很欣慰。小草更加激动，这对小草来说简直就是不可想象的事情。下班后接到晓萌姐的电话就赶紧往回走，因为晓萌姐姐要给她庆功。今天她已经决定了要好好地请晓萌姐姐、刘军和小曼他们吃顿大餐。

当小草到的时候，他们都已经到了。小曼兴奋地抱住了小草，“我的亲爱的，你可真厉害，听姐姐说你第一个月就在你们店里弄了个第二名，提了 4000 多啊？”小草也就直接说：“所以请你吃饭呀。”“哈哈哈，今天你要请呀。”小曼边鼓掌边高兴地说，“看我不好好宰你。”晓萌姐忙说：“不用，你才赚几个钱呀，还是给家里寄回去吧，我来请。”小草还要说什么的时候，小曼也反应过来了，说：“对了小草，还是给家里邮寄去吧啊，省着点。”小草想到家里的情况，点了一下头，但还是说：“今天我也该请一回了，整天在姐姐家吃住的。”刘军笑了，“家里还在乎你那点吃住了？多一个人还热闹呢。”晓萌也说：“别想多了，赶紧点菜吧啊。”

自从小草有了优秀业绩以后，小草的信心更足了。每次来客户，她都会很主动地去招呼。当然她有一个最叫白晓丽欣赏的地方就是她很讲义气，每次客户都是和白晓丽一起介绍，边上帮腔，平时她也会请白晓丽吃饭，两个人越来越投机，几乎成了无话不说的好友了。单位里其他人也对小草比较满意，她来都是面带笑容，待人真诚。她年纪比较小，所以很受大家喜欢。

小草这三个月来的工作非常顺利，事情做的是风生水起。

现在小草经过三个月的锻炼和成长，在工作各个方面已经和白晓丽不相上下了，并且表现也成熟多了，人也出落得不少，皮肤白皙了不少，也变得光泽亮丽了，身材比以前稍微地胖了些，显得更加匀称了，眼神也不再那么忧郁了，行为举止也越来越得体大方。她处处表现出了一副成熟的都市白领风范，一身职业装，搭配晓萌姐姐给挑选的高档皮鞋，显得高贵精干，走起路来也充满着职业女性的自信。

白晓丽对小草说：“你现在的业绩可真好呀，人也越来越漂亮了，以后你晋升的机会就多了，我是不行了，人也老了，好几年还是在这卖货。虽然业绩一直不错，但是又叫你

这个大美女在这么短时间给追上了。哎，这年头是长江后浪推前浪，一浪更比一浪浪呀。”说完哈哈大笑。小草今天觉得白晓丽突然变了腔调，冷不冷热不热的，又像讽刺又像是真话。小草听她这么说接过来就说：“晓丽姐，我能做得好不还是因为有你帮我吗，昨天卖出去的不也是你帮着和客户谈的吗，我以后要多向你学习，感谢你才是呢。”“别别，我还是要向你学习呢。”语气越来越不对劲了。小草心想白晓丽今天是怎么了呢？我一定要弄明白是怎么回事。小草就很严肃地和白晓丽说：“晓丽姐，你今天怎么了，一早上阴阳怪气的，好像我骗了你多少钱似的。”

“是呀，我没有你心眼子多，你多厉害呀，上边人硬，咱们可不敢和你对抗。”小草这下可急了，直接去抓住她的手说：“晓丽姐，你到底怎么回事，我哪里得罪你了，咱们关系这么好，有什么你就说嘛。”

晓丽见小草这样真诚也就说了：“昨天我们两个一起卖出去三个手机，是不是应该算是咱们两个的业绩？”小草说：“是呀，那是咱们两个共同卖出去的。”“那你为什么算你两个，而算我一个呀？”“我没有这样算呀，昨天不是咱们共同去报的记录吗？你忘了吗，晓丽姐。”“这个我当然没有忘了，因为今天要上报总部了，今天早上我一来顺便去看看这个月业绩。等我一看，昨天的和前几天咱们共同卖的都是给你多分一部。我倒不是在乎这些东西，我就觉得心里不舒服！”“啊？晓丽姐你别急，我去问问啊。”“别问了，领导说了，你是后来的，照顾点你，这个我也没有意见，但是后边那句话我很不高兴。”“怎么了？什么话呀？”“就是说这是咱们店长特意嘱咐的。我们每个人来的时候也没有人这样照顾我们呀，这说明你和店长有关系是不是？”说话的时候还有点那样的感觉，也不知道什么感觉，反正就是不舒服怪怪的那种感觉，让人觉得在鄙视自己那样的眼神。小草忙着说：“晓丽姐你别误会，我们什么关系都没有。”小草虽然觉得怪怪的，但幸运的是，白晓丽并不知道她们真正是什么关系，尤其是晓萌姐和自己的关系，这绝对不能叫别人知道，这是晓萌姐交代了的。因为这个公司一般不愿意关系太复杂，希望大家都从业绩上说话。小草想到这也就笑着说：“那我去问问，和她澄清一下，这是晓丽姐的，我怎么能占为独有呢！”晓丽其实是一个东北人，性格比较直，人还是很善良的。“算了吧，这个就这样吧，你别去问了，只要你和她不是串通来整我就好了，我心里就舒服了，咱们这样关系，要是你还和我玩路子，我就削你。”说完还拿手到小草的脑袋上比划了一下，然后又笑了，“好了，算了吧啊，我也想帮你，你家里比较困难。反正你也刚来啊。”小草说：“谢谢姐姐照顾，但是该怎样还是要怎样的。”

小草在中午下班吃饭空当去把那两部手机给改过来了，这事也就过去了。之后，小草办事又谨慎了许多，心想不怨晓萌姐姐说公司复杂，连我们这卖货的之间也会产生误会，虽然知道店长确实比较照顾她是因为有晓萌姐的面子，但是以后这事还是希望不要出现了。幸好白晓丽人比较实在，和自己关系好，否则这事情要是让全店知道了，以后怎么混呀，人家还以为我真的和店长有关系呢。那店长是个三十多岁的人，人还可以，就是比较能忽悠。

时间就这样无声无息地流逝着……

第六章

小草自从来了北京都不知道接到过多少个她爸爸的电话了，开始都是打到晓萌姐的手机上，然后再转告给小草。后来小草有了晓萌姐给的手机，也就都打在她自己的手机上了。打电话没有别的什么事情，一开始是小草每次给邮寄钱，他们收到了就给打个电话。后来就越来越频繁了，尤其是她爸爸，每次打电话就是叫她赶紧回去和大国订婚，当然都被小草给否了。“我是不会嫁给他的。”“为啥呀？人家家里都是过日子的，他姑父还是大队书记，人家还有手艺，这样的人家打着灯笼都难找。不知道有多少人家愿意嫁给他，人家还不要呢，看上咱们是你的福气，人家县里边还有当大官的叔叔呢。”“他们爱当什么当什么，当皇帝我也不嫁给他。”她爸爸要是再说她就把电话挂了，她妈妈却从来不和她说定

亲的事情，她妈妈不喜欢酒鬼。

就这样每次打电话一说这个，父女两个不是说不了几句就是吵一架。小草是个倔脾气，也很有主见，自己看不上，肯定是不会嫁给他的。老爹也只能骂小草几句：不懂事的丫头片子，白把你养活大了，一点都不听话。或者就是唉声叹气地把电话往炕上一扔，小草妈也不回声，反正她都知道结果。

小草爹说：“这丫头可咋办呢，咱们都答应人家了。哎，越来越不像话了这丫头。”老婆子说：“要不咱们就算了吧，我看大国也不怎么好，爱喝酒，喝起酒来没完没了。他们村人都说大国喝酒爱闹事，别到时候打老婆。”“你知道个屁，没有本事的男人还不敢闹事呢，人家有本事村里人都怕他，以后小草也没有人敢欺负她不是。”“反正我觉得小草要是不愿意，咱们就依着丫头，叫她自己找吧，小草多有本事呀，给咱们赚了那么多钱，才几个月呀。”一听说钱的事情，老齐嘴带了点笑容。但是随后又绷起来了脸，“那早晚不是还得回来找主嫁人？哼，我看大国家就不错，他老叔都说了：‘在咱们上下遛，找不到这么有权有势的家了。’”

小草妈看犟不过老齐，也就没有说什么去院里干活了。

老齐可没有闲着，正在想怎么办呢，人家都催好几次了。他老叔也和他说了好几回了。他拿着大烟袋锅子在鞋跟轻轻

地磕了磕，然后从挂在烟袋杆上的烟口袋里捏一小撮儿烟放到烟袋锅里，用大拇指按了按，把它按瓷实了，然后顺手在炕沿上拿了平时停电时候点蜡的或者晚上睡不着觉抽烟用的火柴，轻轻一划点燃了烟袋锅子，倚在被货跺上吧嗒吧嗒地抽上了，眼睛一眨一眨地寻思着什么。

这一天小草正在上班呢，突然接到老叔的电话，说：“小草你快回来吧，你爸爸病了。”小草忙问：“严重吗？什么病呀？”“我也不知道呀，都昏迷过去了，这正往医院送呢。”“那你们赶紧送医院呀，我这就往回走，你们先给治病，钱不够你先给垫上，我回去给你啊老叔。”“好的，你赶紧回来吧。”

小草这下可是着急了，什么也没有多想，放下电话就忙着收拾东西，白晓丽看到小草打完电话脸色煞白，忙着过来问：“小草怎么了。”小草憋不住落了眼泪说：“我爸爸可能病得不行了。”白晓丽说：“不会吧，家里怎么说的？”“老叔说都晕过去了，按照家里那边的情况要是不严重是不会叫她这么远还回去的。”白晓丽说：“小草你别急或许没有那么严重，哎，慢点跑，路上小心呀。有什么事给我打电话。”“好的，晓丽姐你帮个忙给我请个假啊。”说着连工作服都没有来得及脱下来，就直接提上包走了，边走边擦着眼泪。

火车不知要等到什么时候呢，早上一般在三元桥那儿有很多回县城的长途汽车。小草直接坐上2号地铁，然后到东直门倒车。到了三元桥，等了大约十几分钟就来了一辆车，小草匆忙地上了车。

在车上是焦急万分，多希望这车会飞呀，那样马上就能到县里了，眼泪不停地从脸上轻柔地划过，流下了一缕缕泪水划过的痕迹，她眼睛看着窗外，其实什么也没有看到，根本无心去看车外的景色。车上人叽叽喳喳好像是菜市场一样，车上放着小调，“一摸那个手来那个手柔柔呀啊呀，问声妹妹你走不走呀啊呀……”听得那些男人们兴奋地咧着嘴，女人们不好意思地看着窗外或者装睡。

小草看着窗外流着眼泪，她根本就感受不到车里那叽叽喳喳说话的、嘎嘣嘎嘣嗑瓜子的、吧唧吧唧吃火腿肠的嘈杂声，还有那专门为提高荷尔蒙分泌的小段子。

小草可没有那多想法也不会去想那么多，她现在最着急的就是赶紧赶回到县里，估计她爸爸现在已经早被乡亲们给送到县医院了，也不知道病情怎么样了，严不严重。小草掏出手机又给他老叔打了电话，但是他叔叔只是说赶紧回来吧，回来再说。小草听叔叔的语气好像不是那么急了，估计是她爸爸不是她想象的那么严重了，她心里稍稍宽慰一点了，但是心里还是火急火燎的。

最讨厌的就是车半路还要停下20分钟等人们吃饭，因为一般路边站接待长途客车的饭店对他们司机和售票员是免费的，那是为什么呢，因为他们每次承载着一车的客户带给了饭店，这叫什么呀，这就叫市场经济条件下的双赢。你好我好，大家好，反正都是赚顾客的钱，羊毛出在羊身上。

小草没有下车，一直在车上焦急地等着这些大爷们酒足饭饱，才开车出发。一路上的山山水水根本进入不了小草的眼帘，她内心不断重复起了爸爸那拄着拐杖的身影，妈妈那四十多岁就苍老不堪的脸。岁月在他们的脸上诠释得淋漓尽致。

经过了五六个小时的颠簸终于到了县城，小草下车后匆忙地跑到马路对面打车。“去哪儿呀？”“县医院。”“哦。”小草是平生第一次打车，即使在北京赚那么多钱的时候也没有舍得打一次车，因为打车很贵的，打一次车，最少也要花去十来斤玉米的钱，而这十来斤玉米在老家是一家人好几天的口粮。

县医院人满为患，现在的医院真是赚钱呀，可以不吃好的，不喝好的，不住，不穿，但是得病是必须要治的。这里还不容讨价还价。

小草去了咨询处问有没有他父亲的名字，医生说：“没有。”“您再仔细给查查在哪个房间。”“我不是说没有了吗？

怎么还能有房间呀？”负责咨询的小姑娘瞥了小草一眼。“要不信你自己找去，这人真是的，后边的，后边的什么事。”其中一人说：“医生我想问一下哪有热水，”“那边那边。”医生不耐烦地说。小草正想再问，边上有个人提醒了她，“你给家属打电话不就得了。”小草这才突然想起来，“哦，谢谢。”她已经迷糊了，急得有些发晕了。忙掏出手机又拨通了老叔的电话。“老叔你们在几楼？哪个病房呢？现在怎么样了？”一连问了好几个问题。“哎，小草呀，你回来吧，在家里了，好多了。”小草忙哎哎地答应着，“知道了。”这下小草放心多了，在家里说明没有大问题了，心里的紧张也放松了不少。但是还是着急回去看看，所以花了 30 元打车回去了，想买给父母的东西也没有来得及买，要是平时小草宁愿拿这钱给父母买些东西，然后走着或者坐公交回去，怎么也不会打车的。但是此时不一样。

小草下车后急匆匆地向山坡上的家里跑去，当跑到半山坡的时候，不知道什么东西绊了她的脚一下，一下趴在了地上，差点来了个狗啃屎。她忙爬起来，都没有拍打身上的土，直接一脚闯进了院门。

小草刚要说话，她却突然愣住了，怔怔地站在了那里，一句话也没有说，注视了良久。直到她妈妈抬头愧疚地看着她说：“小草回来了。”她爸爸和叔叔不约而同地站起来，她爸爸拄着拐杖向后挪了一下凳子，随后也挪了一下不利索的腿，然后顿了下拐杖说：“还愣着干什么呢，还不把东西放屋里，出来招待客人？家里来客人也不说个话。”

这时小草终于明白了，她环视了一下院子，院子的正中央靠着老槐树底下那里放着那一张崭新木质的圆桌，橙黄色的，像是刚刷完油漆没有多久，也没有用过几次，桌子还泛着晚霞的光，显得很有光泽。圆桌周边放着八把和桌子配套的橙黄色的凳子，这凳子也没有靠背，农村吃饭用的凳子一般都没有靠背，因为有靠背会平白地长出去一块去，那样每把椅子就会多占一些地方，农村里每一张桌子要挤十个八个的人，凳子比椅子能多放两把，省的大家吃饭伸不开胳膊挤来挤去的。

新桌子周边围坐着六个人正有说有笑的。聊得非常投机开心，像是聊家常又像是做生意谈判一样。

正对着门口坐的是小草的爸爸老齐，老齐右边是老叔，老叔的右边是大国。大国今天穿得很讲究，一身蓝色西服也不知道是什么料子的，还有些褶皱，头发好像还抹了什么东西，有点一绺一绺的，黑得发亮。手和脸就像带着灰色手套一样，也是黝黑黝黑的，不知道还以为也是为了配合新焗黑了的头发呢。两只小眼睛眯得一条缝似的，色眯眯地看着小草，小草这一进来他像是被惊吓到了一样，傻坐在那一动不

动，但是眼睛却是挺活泛的，盯着小草色眯眯地上下打量个不停，好像小草已经是他老婆了似的。老齐的左边是一个五十多岁的男人，穿一身有点陈旧但是还比较干净的藏蓝色的中山装，戴顶青色的鸭舌帽，身材偏瘦，中等个头，眉毛青黑，比一般人的要长出来三分之一，身材倒是挺直，看上去在这里便感觉很有地位的样子。他看到小草不由得也显得一惊，但是随即露出了笑容，忙说："这是咱们小草丫头吧，刚回来累坏了吧？快喝点儿水。"说着差点把自己的水给小草拿过去，自己就跟主人似的。小草没有理会他，小草爸爸说："别管她，叫她自己倒茶水吧。"然后就坐下了。

五十多岁的老头左边是一个四十多岁面色含春、眼带桃花的女人，穿着一个红条白底的格子上衣，下身是一条洗得很干净的青色宽腿裤子，乱盘着那黑黑的头发，皮肤相比同村人明显保养得好一些，脸色显得红润白皙很多，没有那么褶皱，像一张稍稍浸湿的白纸。手上还带个黄金的戒指，黄灿灿的，这这村里能带上金戒说明她已经在这行业里有点门道了。她脚上穿着一双白灰色的皮鞋，其打扮属于农村时尚派的那一种。

她不知道这个女人叫什么名字，但是从小就知道大家都叫她梅婶，十七八岁就嫁到这边来了，当年也是个美女，是他们这里出了名的能人，能说会道，能把死的说成活的，能把丑的说成美的，也能把花的说成一文不值的。反正就是专门给人家做媒的，据说她给撮合的亲事几乎都成了。这个人是个厉害角色，一般的人家还请不动他呢，请一回，以前是要两只鸡，一大包白面或者一盒大果子，还要两瓶九龙醉。现在改了规程涨价了，一大包白面不要了改成 100 块钱了，这还是不算，若说成了结婚时候男方还要给她感谢费。这感谢费可就不一定了，一般都比劳务费还多，谁家要是给少了都显得寒碜，最少也要一百，多的还有给上千的呢。去年春节寒假在家听妈妈说老王家大儿子当时结婚，除了劳务费又给梅婶 100 块钱的感谢费，梅婶嫌少都没有接着，还数落老王几句说“这婚事成了亲家炕头聊热火，媒人呀就炕梢依着被货跺”，一脸不高兴的样子。后来他们觉得梅婶挑理了，又给加了 100 块钱，还给梅婶连赔不是，梅婶才接着的。然后她还笑着说：“大嫂子这么客气干什么呀，咱们大侄子又不是外人，就这么随口说说，哈哈哈。”

再说梅婶这规矩，除了钱，鸡和酒还也是必须要的，这是村里当媒人的基本规矩，这规矩可不能破了。鸡必须是自家养的，不能是在集市上买的，因为现在城里人都是吃农村养的鸡，自己养的鸡不喂养饲料。再说那酒还必须是九龙醉，她就喜欢这酒。她认为这是名字最好听的庆功酒，味道是琼香型的，喝起来那个美呀。这家养的鸡和九龙醉的酒对梅婶来说那是绝配。平时没有宴请了闲的时候，自己在家里炖只鸡，再炒两个菜和他家男人孩子一起吃，两口子每天晚上还喝上两盅。

梅婶可是个喝百家酒、吃百家饭的，村里有名的交际花，酒量也大，一般男人不会喝倒她的。她能喝，能说，能干，每次吃喝完了，她会更加能说，滔滔不绝，据说她能和你说上一天，话不重复，还能叫你百听不厌。一般村里比较难缠的婚事，男方或者女方家里有不同意婚事的人，她就会出面了，和那个人谈话，因为别人一般没有这两下子，说白了就是她做思想工作比较厉害。没有学心理学真是亏了她这个人才了。

现如今，梅婶的左边就是小草的妈妈，正拿着那陈旧的茶壶给大家倒茶呢。一边倒茶一边和梅婶说话。他们六个人就像一对一谈生意一样，老叔和大国聊，老齐和老头聊，梅婶和小草妈聊。聊到共同处了，大家就会齐声大笑，那个融洽呀，就和一家人似的。

梅婶看到小草穿着职业装，头发披散着，白皙漂亮的皮肤，水汪汪的大眼睛，一米六五的笔挺身材，由于刚才一不小心摔了一跤，小草上半身都是土，尤其是两个突出的位置，粘的土更加明显，再加上小草累得不停地喘息，更加显示了女人的魅力。怪不得大国盯得发呆呢，看到小草提着个小提

包，梅婶是从来不放过一点儿机会的。

梅婶不由得给大国使了个眼色，大国却还在那盯着小草那粘着土最多的地方，死死地看呢，像是野猫看到了香喷喷的肥猪肉一样，想要把它含在嘴里吃了似的。老叔看到梅婶给大国使眼色，用右手在桌子下边捅了大国一下，大国“啊”了一声，然后看到老叔往梅婶那边看，他才顺着老叔的方向看向梅婶。梅婶又使了个眼色，薄薄的嘴角也灵活地向小草那边撅了撅，他才明白，忙跑过去帮小草拿东西。

梅婶倒是不会闲着，很能提起气氛，看一下小草然后把眼神转向小草妈：“哎呦，这就是小草吧。”像是顺口说的，“这闺女是越来越漂亮了，你看出落得跟花似的。”然后眼神转向大国爹说：“你们大国真是有福气呀。他们两个郎才女貌真是绝配呀，”说完又对小草爸爸说“大哥你说是不是呀？”小草爸爸笑笑没有说话表示同意，那大国爹忙点头说：“是呀是呀，哈哈哈哈。”

小草的心里就像打翻了五味瓶，酸也不是，苦也不是，不知道心里是什么滋味了。现在她是真的说不出话来了。依然愣愣地站在那里。等到大国去拿她手上的提包的时候，她才反过身来，用力地一夺，没有叫大国拿到手，而是气得甩起包跑到了自己屋里。大国追了进去，小草却到里屋顺手把门插上了，自己连累带气，一下趴在炕上哭了。她觉得他们太过分了，自从老叔打电话说她爸爸病了，他们知道这几个小时里她是怎样煎熬的吗？整个人都要崩溃了，从早上到现在一口饭没有吃，一口水也没有喝，东奔西跑，回到家里却是一场骗局。小草再也忍不住了，趴在炕上呜呜地哭了。

大国在门外敲了几下门，小草没有理他，他也不知道怎么办好了，只好回到院子里求助，梅婶一看这事今天是不适合再说了，应该叫他们自己家人沟通一下，还是先走吧。梅婶和小草爸爸说："齐哥呀，那今天先这样，明天我们再来商量下一步咱们那订婚的事情啊。""大国爹也说："是呀是呀，那今天不早了，齐兄弟呀，我们先回去了啊，明天再来。"小草爹说："行，那明天咱们再商量啊。"小草妈这时候正想是去看小草呢，还是在院子里招待客人呢，正左右为难时，梅婶倒是能人，抓住了分寸。小草妈说："要不在这吃吧，吃完饭再回去。"梅婶和大国爹都说不了不了，只有大国没有说话，就是在那儿站着向里边看。他其实不是想在这吃饭，他想多看看小草，因为他没有看够。他在城里打工也没有看过这么顺眼的女孩儿呀，比上次见到的时候还不知漂亮了多少倍呢。

大国爹拽了一下大国，大国才三步一回头地走了，梅婶临走倒不忘记和小草打招呼，"小草侄女呀，刚回来赶紧吃点饭吧，别饿坏了。"边说边扭着她那丰满的臀部，还拿手比划着叫小草爸爸妈妈别送了。小草像没有听见似的也没有回答，大国却很关心小草，“是呀，你可别饿着啊。”

老齐夫妇和齐老三把他们送到门口，小草妈忙着回去，敲门要和小草好好说说，怕孩子有什么想不开，再气坏身体。小草爹和齐老三，看着他们走下坡，向村外走了。大国爹和梅婶不时地回头说：“回去吧回去吧，以后时间长着呢。”身影越来越小了，直到消失，他们老哥俩才回去院里。

小草妈使劲地敲门，然后说：“小草你开门呀，听妈妈和你说，我们也是没有办法，前几次给你打电话你不回来，但是你爹和你老叔已经把日子都按照他们男方找的先生给算好了。马上就到日子了，大伙才想这个法子。快开门呀。”“别管她先做饭去，今天她老叔在这吃呢。”“不了，我回去吧。”“在这得了，一会还得商量订婚的事情呢。”“那我一会儿再来。”她老叔说着也没有动身，老齐拄着拐杖指了下凳子，“坐着得了。在哪儿吃不一样呀，都是自己家里，随便吃口呗。”齐老三也就不说什么了。

小草妈敲了一会儿门，看小草也不开，听到里边哭声小了，也就叹了一声气，去做饭了。

天色已经渐渐地黑了，晚霞的余韵也偷偷收拢了起来，村子的四周露出了黑黝黝的山峰，像是几个黑色的巨人，把村子围得水泄不通。各家各户的灯光如萤火虫般在这个被山峰围住的黑桶里，稀稀拉拉地洒在了各个角落。袅袅的炊烟懒洋洋地从烟囱里冒出，借着灯光慢慢地升腾着，梅婶喜欢的鸡在这时是不会打鸣的，都回到了鸡窝里。野猫也不停地传递着爱情的信号，寻找今天晚上约会的伴侣。在黑暗中各家的狗此起彼伏的叫声使这里充满了一点生气。小草家门前的杨树叶在秋风的轻拂下唰唰地响着。院子的电灯几乎要压到了饭桌上的碗里了，这灯线是从里屋拉到窗沿的椽子上，然后结个扣，又拉到了小南房的的椽子上，中间由于松动而掉下来了。不过这样看起桌子上的饭菜来，显得更加清晰。

小草妈妈今天像是下了狠心，做了几个硬菜，一锅鸡刚端到桌子上，小儿子便从外边边跑边叫着：“妈，做好饭没有？我饿了。”一跑进院子二话没说就上桌子了，冷不丁地扯块鸡肉就往嘴里塞，小草爹顺手拿起筷子就抽了过来。由于孩子缩手的速度比较快，这一筷子是落空了。“你饿死鬼托成的？没看到你老叔还在这里吗？一点规矩都没有，大人吃饭呢，你就先拿那埋汰手抓着吃，这倒霉孩子。”老叔却乐呵呵地说：“没事没事，都自己人，孩子就这样，咱们这家伙可虎着呢，经常在学校跟人家孩子打架，前两天不是把同学给打了，还是我那天正好路过，老师叫住我了，还和我说呢，叫我告诉你们管管他呢。”“就是呀，这孩子一点儿都不叫人省心，整天出去给我惹事，你要哪天再和人家打架，看我不揍你的，腿给你打断了。”老齐头和齐老三也就是说说，他才舍不得打这儿子呢，整天宠的不行，这是给他们老齐家传香火的独苗，连齐老三都护着他。齐老三接连生了三个丫头，最后那个还罚了不少钱，就是为了再生个小子，到现在也还没有呢。什么揍你，打断你的腿什么的，这些话孩子都听腻了，也就不往心里去。小儿子舌头一伸使了个鬼脸，还把那两只手往头上一立比划着，像羊似的咩叫了一声，就转身跑到屋里去了。边跑边叫，妈妈我回来了。

他妈妈看他回来了跟看到救星似的，忙从厨房往灶火堂里填了把高粱秆子，就在裤子两边擦了一下手，出来了，对他轻声地说：“你姐姐回来了，快叫她吃饭去。”她用手轻轻地推了他一下，眼睛像小草的屋里一斜。小草妈妈觉得他能够叫动他姐姐，因为他姐姐最喜欢他了。小草弟弟似乎领会了意思，其实他也只是知道姐姐回来了，别的深层意思也领会不到。于是他便向姐姐屋里跑去，咚咚咚不停地敲门，“姐姐快吃饭了，还有鸡肉呢。”他姐姐没有说话，他就不停地敲，“快开门呀。”他姐姐还是没有说话，竟然把他给急哭了，“姐姐开门呀。”他带着哭腔。他姐姐有点儿心疼了，这才说了句话，“我不饿，你吃吧。”她依然没有开门。她太累了，也太生气了，真是懒得动弹了。弟弟却不让她消停，这

下敲是不敲了，却一屁股坐在地上，两只脚不停地有节奏地蹬着地哇哇地哭了起来，一会儿嫌不过瘾还打了个滚，好像是谁欺负了他似的。别人也没有人管他这事，知道只有他弟弟这样才能叫小草出来开门。小草最疼她弟弟了，实在不忍心弟弟这样不停地哭闹，所以就开开门，脸上生气地说：“你这是干什么呢？”顺手就一把把他拽了起来。孩子就是孩子，其实他也不知道妈妈是什么意思，他是真的想见姐姐，因为都很长时间没有见到姐姐了。姐姐不见他，他就急哭了。眼泪把脸上的土都冲得成了一道道痕迹。看到姐姐开门出来了，他却破涕为笑了，“姐给我买什么好吃的了？”两只手抓着他姐姐那只拉他的手摇来摇去的。小草这才回过神，怎么忘了给弟弟带点儿东西了，不过当时也没有时间想那些事情呀，都是他们骗自已给弄得，她就又生起气来了。这时她妈妈过来了，向一边拽了儿子一下，“出去吃饭吧。”好像她交给儿子的使命已经完成了。然后给小草擦了一下眼泪轻声说：“小草，先吃饭吧，饿了吧？”

小草虽然知道他们骗她，多数是为她回来和大国订婚的事情，但是她还是问妈妈，“妈，我爸不是病了吗？你们骗我干什么呀？你知道我都急成什么样了吗？啊？”说着就又委屈地哭了起来。她妈忙拽着小草的手，另一只手给小草打扫身上那因为摔倒而还没有来得及清理的土。她对小草说：

“都是妈妈的错啊。”看到小草这样，她也落泪了。这时她爸爸却不爱听了，“什么错不错的，这还不是为你好吗？都二十来岁了，该订婚了，好不容易，你老叔给找了个好人家，叫你多少回了，你也不回来，啊？一点儿都不知道大人的辛苦。我看就是把你给惯坏了。”“我才不嫁给他呢，要嫁就你嫁。”“你说什么呢？”他爸爸刚要站起来，被他老叔给拽住又坐下了，“好好和孩子说。”“你说我这两个孩子，个个都不听话，真是气死我了。”接着又扭头对着屋里说，“男大当婚女大当嫁，这点儿道理都不懂吗？”“我就是不懂，懂我也不嫁给他，我自己会找，谁用你们找了？”“你说这孩子啊，你说，你说这什么玩意。”老齐拿手指环着屋里对她老叔说着，“真是气人。我早晚被你气死，你这书都白读了。”

小草妈妈说：“行了行了，挺大个老爷们跟个娘们似的唠叨个没完，刚回来，让孩子好好吃点饭，一天都没有吃饭了吧。”“你懂个屁，老娘们家家的。”他老叔接过来话：“是呀，先让孩子洗洗脸吃饭吧。”小草也懒得和他爸爸吵了，也就不说话了，便和她妈妈做饭去了。她反正就是打定主意：肯定不嫁给这个黑乎乎的色狼。她心想在家里待一晚上，明天没事就回去上班了。

老齐家很久没有吃到这么丰盛的晚餐了，一锅炖鸡，又附加了一个凉拌黄瓜，熬豆角，还有一块老豆腐蘸酱油，上边放点葱花。看起来真叫人眼馋。这四个菜搭配起来是有凉有热，有菜有肉呀。本来准备留下梅婶他们吃的，小草回来不高兴也就没有真心留他们，怕再弄出别的事来。其实还有好几个菜没有做呢，留着下次来人做着吃。

老齐哥俩已经开始喝上了，弄了一瓶散装白酒，边喝边聊，吃的那个香呀，小草弟弟在边上馋得直吧唧嘴，也不敢吭声，刚才差点儿没叫他爸爸打他一筷子。在农村，男的喝酒小辈和女人是不能上桌的，只能到开始吃饭的时候才能上桌，有家庭规矩多的，都要到当家的和客人都吃完饭了，小孩和女人才能上桌吃饭。小草老叔看着孩子站在那里看他们吃饭，哈喇子都要流出来了，慢悠悠地夹了块鸡腿给他，“来，侄子给你鸡腿。”“他老叔别给他，你吃吧你吃吧。”“嗨，叫孩子吃呗，咱们大人还差那口。”小草妈也就不说啥了，她心里早就盼着老齐或者老三谁给她儿子夹块肉呢。小草弟弟跑过去拿上鸡腿，兴高采烈地边吃边在院子里转，一会儿拿个马秸秆骑上绕着她姐姐跑一圈，嘴里不停地说驾驾，学着骑马的样子。

小草也在院子里看着家乡的夜空，现在好像气消多了，心里寻思着，爸爸什么事没有，不是更好吗。白跑一趟就跑一趟呗，反正我明天就走了，定亲是肯定不行的，她绝不会嫁给那个黑蛋，看人家城里人多干净呀。一会儿累了，她又搬了个板凳坐在院子里乘凉。和她妈妈聊点家长里短的。但是这回她妈妈倒没有提定亲的事情，怕小草刚回来生气不吃饭，那不把孩子饿坏了呀。当妈的就是心软，疼孩子。她和当爹的一样，都疼孩子，但每个人的方式不一样。

小草爹和她老叔可没有闲着，研究明天定亲的事情，都有谁来，她老叔说："叫上二哥得了，就咱们自家人，别人等结婚时候再说吧。"小草爹说："那也好那也好。"小草一听，"什么？明天谁订婚呀？""你说谁呀？当然是你了。"小草这次快要气炸了。"明天要订婚了，我当事人现在才知道。"小草再次声明，"我可和你们说啊，我明天是不会订婚的，我明天就回北京还要上班呢，到时候可别说我没有告诉你啊。""什么，你个不知好歹的死丫头，大人们都定好的事哪能说变就变吗？明天你要敢走，我打断你腿，明天你二叔你姑姑他们都来，还有你舅舅，娘亲舅大。"小草说："爱谁来谁来，反正我不去。"气得老齐头直拿筷子敲碗。小草老叔接过话说："小草呀，你可要知道呀，咱们老齐家是外来户，在这村里人少，咱们得结点大户的亲家，那样咱们才能在这站稳脚跟。前些年我们刚来的时候，咱们人少好欺负，高级社记工分都给咱们少计，这些年好点儿了，但是干点儿什么都没有帮手。""都

什么年代了，还大户不大户的，地主封建社会的时候才那样呢。”“哎，这孩子倒是孩子，上次选村干部你二叔就应该能选上会计，咱们村里就他能做会计，结果还不是叫老王家老六弄去了，人家人多，什么都不会也能选上。再说了人家大国家条件还好，家族大，还有亲戚在县里当官，大队书记也是人家的，还会手艺，哪点不行呀？”小草就说了一句：“反正我不愿意。”然后就回屋了。

“嫂子你再劝劝她吧！”小草妈也就进屋了，她爸爸和她老叔和没事人似的接着商量明天的事。“大哥，明天小草要真不去还真麻烦呢。这事得商量着来，别惹急了她明天真回北京了，咱们可就丢大人了大哥。咱们怎么向人家交代呀？”“没事，叫她妈妈说说她。估计能说通，实在说不通，我也有办法。”“什么办法？”老齐假装神秘地说：“这个你就别管了，呵呵。”老齐端起酒盅和老三碰了一下，边喝边说：“你说这孩子，我就觉着这门亲事不错了，小草怎么这么倔呢。哎，现在这孩子越是在外边时间长越是野呀，总觉着外边好。其实哪有咱们村里人踏实呀，老三吃菜吃菜，一会儿凉了。”“老叔再给我块肉。”小草弟弟又来了。“去，一边去。”老齐瞪了他一眼，老三却又夹了块鸡翅膀给他了，他又乐得走了。“这孩子才没有出息呢。”“哎，这叫什么没有出息呀，这男孩子就得叫他虎一点呢，以后咱们老齐家靠他撑门面呢。“老齐这下想说到心坎里去了，就嘿嘿地乐了。他就喜欢听这个，显得很骄傲。

小草妈回到屋里坐在炕沿上缝着手中的破袜子，和小草聊着：“小草，你为啥不愿意呀？”“妈，你看看他那样，看人色眯眯的，长得又黑，还没有念过书，喝酒没完没了，以后能干什么呀？能过好日子吗？”

“哎，倒也是，可是他们家条件在咱们这里确实是上等户了。人看着也不坏呀。”

“关键我和他也没有感情呀，什么上等户呀？人家外边到处都是有钱人，他那点算什么呀，有几间房子就不知道东南西北了？我还小呢，我可不愿意在这穷山泥沟子窝一辈子。”

“哎，那都定下了可怎么办呀？明天大伙都来呢。”“那我可不管，那是你们定的，我又没同意，现在婚姻自由，哪还有包办的？”“都怨你爹，就看上人家有钱有势了。哎，这可怎么好呢！”她妈妈也不知道怎么办了，唉声叹气的。

老齐哥俩终于喝完了，小草弟弟也一会儿一块、一会儿一块地吃得差不多了。小草却饿得肚子咕咕叫了，小草妈妈都听到她肚子里的响声了，赶紧叫她上桌吃饭，此时菜都有些凉，小草妈又热了一遍。饭桌上小草老叔不停地给小草讲，大国他们人家怎么好，日子什么样，咱们怎么需要一户这样的人家做亲戚，等等。“主要是你嫁过去了吃喝不用愁，他们家劳动力还多，大国爹和大国妈体格好，还能帮你们干活料理家，有大国和他爹两个人种那些地，平时他爹自己都干了，你也不用上山整天干活，也能享点儿福。他们还能帮你们家种种地，收收秋，他们家还有一头骡子一头毛驴，还有个拉粪的车，到时候咱们得轻快多少，你看现在咱们不都得用别人牲口种地。那就得等别人自己种完了才能借给咱们，这不今年的谷子没赶上第一场春雨时候种，挨着的地都一样的种子，收成比谢老五他们差得不少，谷子就没有长好。大哥你说是也不是？”“是，是，可不嘛，哎，这自己没有东西就是别扭。有时候别人还不愿意借，怕把牲口累坏了。哎！”他们聊着聊着就跑题了，聊开种地的事了。

小草就是在那吃饭也不说话，就是表示“不同意”。小草反正想好了，她明天就回北京上班，也不参加婚礼，他们爱怎么办怎么办。你们自己定的事情你们自己解决。打定主意，小草也就无所谓了，吃起饭来，大口大口的，但是不忘了把剩下的鸡肉夹给妈妈，她妈妈忙说“你吃吧吃吧，我不吃，刚回来累了，好好补补。”小草说：“你吃得了。”说着塞到他妈妈碗里。她妈妈看小草不是很高兴，也就不说什么了。

小草爸爸是个粗人整天就是骂骂咧咧的，但是从心里其实还是觉得孩子嫁过去能过好日子。他也希望孩子好，总认为孩子自己没有主见，也没有生活经验，找不到合适的，自己要是在外边找的，怕竟是一些不三不四的小子。到时候不好好过日子，那孩子不是要受委屈了，家里也操心啊。他和老三挑的这就是好的了，最起码知根知底，都是本分人家，成了亲戚还能相互帮忙，这多好。

其实小草也知道父母的一片心意，但是她是无论如何也接受不了这个人，她现在刚从学校毕业，还想好好地开创一番天地呢。不想这么早结婚，即使结婚也要找到自己喜欢的，也不会找这样的。她希望在城里找个有文化的，像城里人那样先处一段时间对象，然后再结婚。想到这里她有些愣神了，又想到了她的同学亚民，听说他考到北京去了，好像是北京林业大学，据说学的是果树栽培技术。这都是听小曼说的。小曼学习不怎么样，但是人缘很好，和全班同学都很熟。小草就不一样了，她比较害羞，一般还不怎么和男同学一起玩。她特喜欢看亚民打篮球，踢足球，他学习好，长得还帅，这就是她理想的男人。其实在学校她感觉亚民也喜欢自己，他们也经常一起逛逛操场，但是由于自己没有上大学，所以也就没有联系亚民。

小草正发着愣呢，她弟弟跑过来拿小棍子轻轻敲了她一下，说：“姐姐还有肉吗？”“哦，还有一块，给你。”她妈妈笑着瞪了她弟弟一眼。看到小草好像不那么激动了，她妈妈心里也舒服多了。

送走她叔叔之后，小草爸爸就和小草说：“你在北京那边挣的倒是不少，总之在外边不是长法，早晚要落叶归根的，还得回来嫁人，好好踏踏实实地过日子。在家里吧，把亲定了你就别去了，在家里帮着你妈种种地，等过两个月选个好日子把婚一结，我们也去了一份心事。”这次她爸爸倒是态度比较好了些，说话也温和不少，他也知道自己的女儿不愿意。但是按道理还是和大国比较合适，因为老刘家那大小子，老孙头那孙子，等等，他都缕了一遍了，觉得无论是家里条件还是人，还是大国好一点儿。

小草也不忍心看着父母那种乞求的眼神，终于说话了：“外边的好男人有的是，再说我现在才多大呀，大国那人我看不上，以后也过不好。”“丫头呀，你都多大了啊？”他爸爸有点生气了，但是还是忍住了。“咱们这地方不比城里那文化人，人家念完书都二十好几了，晚点没有事，咱们这儿要是二十好几了，都成老姑娘了，都没有人要了。”“没有人要更好。反正我不愿意，”他爸爸真的憋不住火了，“你不愿意怎么着啊？”拄着拐杖站起来，嗓门也提高了。“爱怎么着怎么着。”小草也赌气说。“你气死我了，明天就要订婚了，到时候你叫我们老脸往哪放？还能在这村子里住吗？啊？哎，我怎么养了一个你这样的倒霉孩子呀？”她爹气得直哆嗦，小草妈忙放下手中洗着的碗筷出来，说：“他爹有话好好和丫头说，生那么大气干什么呀？”

小草爹的身体不好，小草怕他真的气坏了，也就不说什么了，扭头回去了。弟弟已经跑到自己那屋里，趴在炕上睡着了。看弟弟多好呀，无忧无虑，饿了就吃，困了就睡，想哭就哭，想笑就笑，小草心里感慨万千。小草听见他爹唉声叹气地进了东屋，然后是啪啪的烟袋锅子敲炕沿的声音，估计又是坐在那里发愁呢。

小草现在心里有些难受，也有些思想斗争。明天真的走了吧，那父母真的没法在亲戚朋友面前待了，村子里不知道要说出多少嚼舌头的话呢。以后估计就得关起大门过日子了，家里人就没脸见人了。要定亲的姑娘跑了，在村子里那是惊天动地的事情，也就成了人们茶余饭后的笑料了。可是不走吧，她真的不可能嫁给这样一个自己绝对不喜欢的人的。先不说他家里什么样，就冲他那色眯眯的小眼睛也够小草恶心的。况且小草心里已经有梦中人了，虽然因为他考上大学高高在上，而自己什么也不是，但是自己这次在北京待了几个月，才知道考不考上大学根本不是能否找到自己梦中情人的基础，真正的基础是本事和财富，当然最重要的还是要有感情，就像晓萌姐姐一样，她不也是大学生吗？还是名牌的，可刘军也是一个没有文凭的人，人家不是生活得也很好吗？再说了，就是和梦中情人成不了，也要找一个自己觉得看上眼的，差不多的吧。大国实在是她不喜欢的那种，不是不喜欢，甚至有点厌恶他那个样子。

这时候小草的妈妈推门进来了，“我说呢，你弟弟跑哪儿去了，在这屋里睡了，估计看你回来了，想和你一起睡。”“嗯，是呀，你看他跑得一身汗，满头都是。”小草妈把孩子炕沿外边的腿，向炕里边挪了一下，又把孩子往炕里推了推。孩子依然睡得很香。顺便自己坐在了炕沿上看着小草，“草，这事呀都怨你爸和我，我们起初觉着你老叔好心好意地给当个媒人，咱们就见见。后来大国看上你了，就整天找你老叔和梅婶子来说亲，加上你爸爸也愿意，觉着这门亲事不赖，他们家情况挺好的，也都是过日子的人。现在呢，这上下遛呀，没有比他们条件好的和与你年龄相仿的了。人家也诚心诚意的，大国这孩子是长得不怎么样，但是搁咱们这还算不赖的了。妈知道你眼架高，可咱们不是也没有什么吗？要是上大学了，咱们也就不用张罗这事了。”“妈你别说了，我知道你们是为我好，但是你们怎么不问问我愿不愿意啊？问问我是啥意思吗？”说着小草哭了，“我也有自己的想法，也有自己的选择，我不想一辈子在这山旮旯待着。我到北京看了，像我这样的多了，小曼的姐姐在那儿什么都有，那生活质量就不是一个层次的。我这辈子要是在这了，下辈子孩子不还得和我一样呀？”小草妈轻轻地给小草擦了一下眼泪，自己也流出了泪水，顺着褶皱的眼角慢慢地划到了嘴角，渐渐掉在了裤腿上，打湿了那破旧的裤子。

“丫头，你说这可怎么办呀？真是没法了。”老齐在那边屋里吧嗒吧嗒地抽着烟一声不吭，他似乎也觉得小草说的有道理，可反过来又想，这人可怎么丢得起呀，于是也唉声叹气的，感叹自己的无能。小草妈妈不停地说真没法真没法了，小草看着父母那样，心里也不好受，有些软了，那有什么办法，自己不需要嫁给大国，还能叫父母少受点说闲言碎语呢？

小草和她妈妈静静地坐了一会儿突然说：“我同意明天订婚了。”她妈妈有点不相信，眼睛一愣，盯着小草看，还以为小草是气得糊涂了呢。她爸爸听到她这么一说，忙拄着拐杖到西屋来了，也没有说话。待了一会，小草妈妈才说：“小草，你说什么？你同意了？”还是不相信的样子，小草点了下头，看似很坚决，小草爸爸来了一句，“你咋又同意了？”小草很干脆地说：“嗯，同意了。但是以后的事情要我说了算。”她爸爸一听说同意了，那心里的

石头终于放下了，最少明天能顶过去了，不用在大伙面前丢人了。“只要你同意订婚了，什么爹都听你的啊，小草。”“那好。”小草妈还是有点担心，“你可别想别处去呀，实在不行咱们就不订婚了。”小草爹瞪了他一眼，说：“你说的是狗屁话呀？那都说好的事了能不订吗？”其实他还是怕小草和他们村老赵家那姑娘似的，父母逼着她嫁给一家，她不愿意自己在外边搞了一个，结果逼急了，自己跳河了，幸好被人家路过的看到了，救出来了。老赵家没有办法也就退了亲事。“没事，我没有多想，睡觉吧。”小草突然的变化，叫老两口摸不着头脑。齐老头在那也看了半天小草，看着好像没有事，才拄着拐杖说：“回屋睡觉吧，明天早点起来，一早来人呢。”小草妈不放心地看看小草，走到门口又回头看看小草，“没事，妈睡觉吧，我也困了。”小草说完，小草妈这才放心走了。

给弟弟脱了衣服向炕梢挪了过去，盖上被子，自己在炕头铺上被褥躺下了。这一夜小草翻来覆去地没有睡意，她在策划着怎么样才能渡过这个难关。想来想去还是只能用这个办法，她反而觉得这样也挺有意思。

第二天天刚亮，老叔就来了，咚咚地敲门，“谁呀？这么早？”“哥哥是我。”“哦老三呀，怎么这么早呀。”“快开门，我有事和你商量呢。”“什么事，这么早。”老齐忙拥了一下旁边的小草妈，“家里的，快起来，他老叔来了。”“这么早呀。”两个人胡乱穿了衣服，老齐披上衣服拄着拐杖开门去了。

“什么事呀，这么早。”老叔向小草那屋里指了指，“孩子同意了吗？”“哎，就这事呀，同意了。”“真的吗？昨个看那意思不同意呀，我这一宿都没有睡着觉，竟想这事了，要是不同意今天不知道怎么办这事，老天保佑着小姑奶奶倒是通人情，同意了。那没事我就先回去，一会儿再来。”“那就在这吧，吃口得了，一会儿他大姑二姑爷都到了。”

正说着呢，梅婶扭着她那水蛇腰，急匆匆跑来了，到了门口也没有抬头，刚要敲门，却看门开着，就招呼也没打就进去了。“老嫂子，老嫂子。”“哎，他梅婶呀，快进屋来，快进屋来，起这么早呀？”小草老叔从里出来了，叼着个烟，“哎哎，老三正好你在这呢，快过来我问你点儿事。”“啊？”老三披着的衣服身上袖子，快了两步走到院子中间，梅婶忙拽着，他老叔向门口那边走了两步。“哎，她梅婶怎么不进屋呢？”老齐也拄着拐棍出来了，“大哥，我和老三说两句话。”“有什么进屋再说呗。”“不用，说两句还得办那边的事呢。”“老三，小草那丫头同意吗？昨天看她好像不太愿意，咱们把她给弄回来，是不是生气了？”“哎，你说这孩子怪不怪，昨天晚上那个不愿意呀，我还寻思这事该怎么办呀。这不一早我就来了。”“那今天怎么说的呀，可别把这事给办砸了，以后咱们怎么在这村里办事呀。要是传出去可怎么办呢？”梅婶心急火燎地不等她老叔说完就又问。“嗨，你说这孩子也怪，今天又同意了。”梅婶高兴地说：“这孩子念过书就是不一样，通情达理呀。”“是呀。”齐老三微微一笑。这下梅婶可是放心了，忙着说：“那我就不多说了，我赶紧去大哥他们家里张罗去呀。”说着扭头就往院子外边走去，“老嫂子，我回去了啊，一会儿就等着喝定亲喜酒了。”她那个高兴呀，就像是完成了一个很艰难的工作一样。“她婶子坐一会儿吧，在这吃吧？”“不了，那边不是还等着我张罗吗？这以后有的是机会。还能少了我这媒人的酒呀，等晌午饭咱们好好喝点儿啊。”小草妈跟着出来了，送到门口，梅婶已经到了坡下，那个快呀。齐老三和老齐坐在了院子的凳子上，其实老齐今天并不那么高兴，他总觉得心里有什么东西堵着，可能觉得对不起小草这孩子吧。虽然是为她好，必定是孩子不愿意呀，你说这强扭的瓜也不甜呀，万一这孩子以后有什么过得不好，或者有什么事，这不落埋怨呀。他似乎现在有点后悔了，昨夜一宿没有睡着觉，一直在想，哎，都怨自己没有本事呀，拖累了孩子。自己在那儿坐了半天也没有说话，就是抽着烟袋，慢慢地吐着烟。他老叔也在那儿坐着，抽着烟。看到老齐的表情，他也似乎感觉到了，也就

没有说话。

秋日的阳光格外舒爽，照在身上暖洋洋，天空蔚蓝蔚蓝的，就像被水洗了的蓝布子。这天老齐家里是热闹非凡呀。几年没有回来的姑姑婶婶都回来了，还带着孩子叫叫喳喳，喜气洋洋，小草却在屋里一点儿没有感觉到喜气，想的都是怎么对付他们的法子。

农村订婚时要女方到男方家里，再交换订婚的礼物，以前是给一块手表，一辆自行车，女方不用给什么贵重的，给个手绢都可以。然后大家双方亲戚一起吃饭，沟通沟通算是认识，以后也就都是亲戚了，为以后的结婚打好铺垫。经常有人喝酒喝多了，甚至喝多了打架的都有，但是一般到这种程度都不会影响他们喜事的进程。这一天不需要穿得花花绿绿的，只要喜庆祥和就好。因为毕竟不是结婚。

小草今天也穿了父母早就给准备好了的新衣服，不知怎的穿起来非常别扭，还不如自己的职业装呢。加上心根本就不在上边，只是为了应付今天的场合，给大家一个台阶下，所以小草根本就不是订婚的状态，就像演电影一样，走个过场。

大国今天穿的可是订婚的行头，甚至比人家结婚时候穿的还像样。他穿着一身笔挺的西服，别说，质量一看就是比以前他穿的强多了。走起路来，虎虎生风，和人打起招呼来，声音也响亮了很多，再加上几分高兴，打起招呼来显得底气十足。

小草和亲戚们已进入大国家的门，里边那个热闹呀，不愧是他们那地方的大户人家，院子屋里挤得都是人，负责去接小草他们的大国堂弟，一进门就吆喝上了：“大哥接来了。”这时大国就忙着跑过来，姑姑大爷叫了一个遍。这时候来了好几个人来迎宾了，其中就有大国的爸爸，大家一一介绍，然后簇拥着进了屋。大国这时候也不忘到小草边上嬉笑着说：“小草，累吗？”表现得很关心，其实大国还真是喜欢小草，不知那是因为小草漂亮还是其他原因。小草也没有看他一眼，只是冷冷地说了一声“不累，谢谢。”就是这句话都叫大国高兴得很，好像身上又充满了某种力量，兴奋而不失礼貌地和所有人打着招呼。“大叔你坐那儿，那边有烟，三舅妈你别忙活了，快歇会吧。”梅婶这次没有最先出来，小草他们快走到外屋门口了，她才说：“哎呦，新人来了。看看我这净顾着忙活了，连你们来了都没有听到，哈哈哈哈，大哥老嫂子快到里屋去，都到里屋去。”边说边招呼着小草的姑姑婶婶们。

订婚的过程简单而又不失热闹，大约三十来人凑了四桌，农村办喜事都讲究双数，菜要十二，十四，十六，其中鸡和鱼是必须有的，还有四喜丸子，这些都是吉利的菜，不能出现羊杂碎等不好听和看着不好看的菜。主客分得很清楚，主人会每个桌都安排两个陪酒的。主人方也就是男方，必须要把宾客也就是女方所有客人照顾周到了。这就是他们陪酒的人员今天的任务。问酒壶里还有没有酒，要问还好使吗？要是有酒不需要添酒，就要说好使好使。要是没有，就什么也不说，把酒壶给招呼客人的递过去，他会给加满。四桌的人有说有笑好不热闹，大家猜拳喝酒。

大国是挨桌给每个人都敬酒，这是他的喜事也是他的爱好。酒过三巡，大国又有些喝多了，他的爸爸已经给他使了好几个眼色了，也不知道他是真没有领会还是故意装作没有领会，因为他不会放过任何喝酒的机会。喝酒是他的最大的爱好。

大国已经是好几轮了，他的一些亲戚都说大国今天高兴多喝点儿，但可别喝多了啊。“没事喜酒不醉人。”他一边说着，一边到小草这边，说：“来，小草，咱们来一个，来个交杯酒。”这里桌是小草的妈妈和小草的姑姑，正好大国的姑姑在做陪。小草没有理他，小草的姑姑和妈妈有点吃惊地看着大国，这时隔壁桌子的老齐也听到了大国的醉话，但是为了融洽就假装没有听到，继续和同桌的人喝酒聊天。大国看小草没有说话，竟然上前去抓小草的手，“来，咱们俩来个交杯酒。”这时候小草爸爸似乎也把酒杯放下来了，桌上似乎声音小了不少。大国姑姑看这情形知道大国是又喝多了，忙着说：“呵呵呵，好呀好呀，看大国多喜欢小草啊，这回就忙着想喝交杯酒了啊，要不然你们喝一个。”这时候气氛稍微有点缓和，小草依然没有动，这时候大国似乎真要来劲，身子晃了一下，去抓住了小草的手，说：“来喝呀。”梅婶看着可能要不好收场，忙道：“大国真喝多了，这在农村哪有喝什么交杯酒的呀，并且还是在订婚，在这么多人面前对小草这样还不叫人家女方挑眼呀？人家小草害羞不和你喝，等你们结婚时候再喝吧。”大国还想继续纠缠，这时候几个年轻小伙子有的说：“哥，你喝得有点儿多了，先睡会吧。”有的说：“叔先睡会儿，一会儿再陪新人吧。”大国爹看了眼大国低声说了句“没出息。”然后又忙着招呼小草爹他们继续喝酒。这时候小草恶心得几乎要吐了，气得在那坐着也不说一句话，小草姑姑和妈妈似乎也不是很满意，大国的姑姑和梅婶忙着张罗吃饭，缓和气氛。“这大国呀实在，你看喝酒也不留心眼，从小看着他长大的，就这样，亲家你们可别见怪。”梅婶忙着接过话茬说：“是呀是呀，实在点儿好，过日子踏实。”又对着小草姑姑说：“大姐你说是不是呀。”小草姑姑就是笑了一下也没有说什么。

这时候大国被扶到屋里了，还依然在那大吼大叫的，“小草你还是嫁给我了吧，哈哈哈，我就知道你是我的老婆。”

不知谁把门关上了，也就听不太清楚里边的声音了。

这次好像没有什么，尤其是对小草，反正她没有打算和他结婚，只是为了应付，但是对老齐头他们可不一样，在这样场合，大国都能喝多还能干这种事，以后结婚了小草和他怎么过呀，还真像小草妈说的酒鬼一个。回来的一路上，老齐头心里也犯嘀咕了。虽然他们家里条件好，人赚钱也还行，但是就这个耍酒疯，可是一大忌呀，耍大了会打老婆孩子的。照这样，大国这毛病还真不行呀。

一路上，他心里嘀咕，小草妈和小草姑姑也在说这个事情，唯独小草什么也没有说，他们还觉得奇怪呢，问小草，“你觉得大国怎么样呀？”“你现在才问我呀？你们不是都叫我和他订婚了吗？怎么还问我？”小草故意地说。“我看这孩子这毛病可不好，你们当初怎么不挑挑呀。这么快就给找了一个。”小草姑姑说。“平时这孩子不错呀，接人待物都不赖呀。”齐老三背着手慢悠悠地说：“今天这是怎么了呢？”“还不错呢，就是你给瞎张罗的吧？”齐老三看到大姐埋怨他，有点儿急了说：“姐，咱们这不是也为小草好吗？没准等他们结婚就好了，以后小草管着他不叫他喝酒。”说完看着小草。

大姐说：“她能管得住吗？”

小草妈说：“行了，再看看吧。”

“婚都定了，看什么呀？”老齐不满意地说。

小草这时候说话了：“订婚了怎么了？结婚还可以离呢。”

梅婶感觉今天大国表现有点过了，在大国家和他们说了这次的事和以后准备结婚的事，又忙不迭地跑到小草家里来，和他们解释了一通。这事在大家看来也就过去了。正在大家聊天的时候，小草的手机响了。这是小曼打过来的，两个人聊了很长时间，小草把这些事情都和他的闺蜜小曼说了。当然，想法也和小曼说了，小曼非常赞同，并且还觉得有点儿刺激。两个人有说有笑。家里人以为小草这下已经没有什么事情了，看她那高兴的样子。

晚上，一家人还有她的姑姑叔叔在一起谈论，梅婶提出定个吉利日子结婚时，小草说：“我现在还不想结婚。我明天就要去北京上班了，你们的事情我已经做完了。”“什么意思？”“没有什意思，我就是不想结婚。另外，你告诉他们要结婚，我就要十万彩礼。”“啊？那怎么可能呀？咱们这不比北京，谁有那么多钱呀？”齐老三说。“没有别结婚呀。还有，我是不会这么早结婚的，叫梅婶告诉他们，我要过几年结婚。”“那怎么行呀？这婚都定了。”老齐有点儿着急地说。“爸，不是你说以后我说了算吗？”“是呀，可是，这不叫人家说咱们拿钱扛着他们吗？”“是，我就是要拿钱扛着他们。娶得起就娶，娶不起我还不愿意呢。”

小草老叔有点不知道说什么了。“小草呀，你这是？”“我就和你们说吧，我根本就不同意，我已经和你们说了，我不会嫁给他的，我今天就是为了把这事圆过去。”小草有点儿得意又带着气色说着。这时候大家终于明白了。“可是，你说这婚都定了这可怎么办呀？小草你说呢？”小草姑姑一脸犹豫地说着。小草姑姑是个文化人，在蛤蟆营乡中学教书，一个月赚得不多，一千来块钱，但是属于她们老姐几个生活最好的，也最有出息的了。她一直鼓励小草读书。对这个事情她也和大哥二哥三哥都有不同看法，今天看到大国那样，心里就觉得有点儿不对劲，觉得这样一个男人能对老婆好吗？小草将来跟着他能享福吗？她当时就有点儿犹豫了。

小草很坚决地说：“大不了退了呗，反正订婚，我什么也没有要。”“这怎么行呀，刚定完就退，这叫人家怎么看咱们呀？”小草妈说。“反正明天我上班去了，你们要不想退，就把我说的告诉梅婶，叫他们看着办。”“小草这可不是小孩过家家呢，想怎么就怎么，想一出就一出。”老齐抽着大烟袋说。“那你把我嫁给那个酒鬼呀，为了你们有脸面？”“也是呀，大哥，我看那孩子不太准成。”小草姑姑说。这时候小草妈妈也哎了一声说：“我早就说他喝酒不行，这不，他爸爸就愿意，还有你三哥。”“哎，嫂子，咱们不也是觉着他们家不懒嘛。就喝点酒，以后年纪大了就好了。”齐老三

有些不悦地说。

“行了行了，你们讨论吧，我明天还要回北京上班呢。我走的时候连假都没有自己去请，还是叫别人帮忙请的。”小草说着也没有乐模样，就进屋睡觉了。

第二天一早，小草收拾东西真的要走了，她爸爸有些犹豫地说：“小草，你那婚事到底怎么办？”“他想办就按着我说的，不办就拉倒了。”小草想得很轻松，也很简单，就是想办法把他们难住，也就不了了之了。可老齐知道没有那么简单，但是没有办法，他也寻思了一宿。这事还真不能硬给小草做主，以前那是因为她不是很了解大国，也觉得小草还小，可能是不懂事。但是经过这件事，他的思想有了一些变化，觉得小草真正长大了，不是自己想的什么都不懂，最起码还知道给家里圆这个场呢。他感觉大国也不是和他老叔说的那样。但是婚已经定了，要是现在去退婚，那成什么了。哎，先这么放着吧。等他们来提这事的时候再说吧。小草姑姑也是这意思，于是和小草说：“你走吧，好好工作吧，这边有事，你给我打电话。”她姑姑在他们家里还是很有分量的，见得世面也比较大。她现在似乎从心里不赞成这个婚事，当初她就觉得小草本应该继续上学的，为了这事她还埋怨她哥哥。

哈哈哈地笑了起来。这就算是见面礼了。

“下面的活动怎安排的呀？怎么给我接风洗尘呀？嗯？”小曼神秘秘地作思考状，“嗯，有个好事情，你想知道吗？”小草似乎早就忘记了这两天的疲惫、无奈以及不高兴，兴高采烈地催着小曼快说快说，小曼故意不说，小草就说：“李鑫快说有什么好事情。”李鑫也很神秘，假装微微笑着不说话，其实李鑫什么都不知道，他也不知道小曼说的好事是什么，就是为了配合小曼装神秘而已。这时小草有点急了，忙用力抓了小曼一下，“到底什么好事情呀？”小曼哈哈哈笑了，“好事情就是现在咱们一起去吃麻辣烫，怎么样？”小草这才明白过来，原来小曼涮她呢，随口说了一声，“还以为什么好事情呢，你还涮我是不是？”用力拧了小曼一把，李鑫在边上跟着，觉得小曼把小草涮得很有意思便也笑了：“咱们提高点规格啊，今天我请客，咱们吃烤鸭怎么样？”小草高兴的说：“嗯，这个嘛，还算有良心啊，这个接受邀请了。”小曼用一种爱慕的眼神看了李鑫一眼似乎给了一个赞许的目光，然后笑着什么也没有说，感觉自已很骄傲，李鑫很给力，在小草面前挺有面子的。

北京的晚上似乎才是最热闹的时候，到处都是人，有的在人群里边不断地窜来窜去。有的在公交站上排着长龙。总之很少见到像农村老家那样，大家能在晚上在大街上乘凉聊天的，他们都是那么忙碌，和热锅上的蚂蚁一样。他们三个过了地下通道，又走了一段距离才到了烤鸭店。这一路上，小草和小曼就是绝对主角，不停地说，天南地北，反正也没有什么正事，就是家里什么样，谁买了什么东西。幸好小草的包比较小也没有什么东西，否则这么远能把李鑫累坏了。

小草是真饿了，当烤鸭上来时，小草已经饿得发昏了，“我先吃几口啊，饿得不行了，从早上吃了点儿饭，到现在还没有吃呢。”“那你不在家里多吃点儿。”小曼关心地说。“我得赶紧跑呀，趁我爸爸他们还在犹豫之间，否则没准被软禁了。”然后三个人边吃边聊，主要是听小草给他们讲自己怎么不愿意到最后斗智斗勇，当然也少不了大国喝多了那一段，那一段是重点的讲述内容。小曼说：“那哥们儿可真行呀，在订婚日子还能喝成那样，那也得有点儿造化呢。那他为什么在大庭广众之下要和你喝交杯酒呢？呵呵，是不是人家看你是你们村最近几十年来难得的美女，好不容易搞到了，一定要宣誓，我的地盘我做主呀？哈哈哈。”“胡说呢，那个人就那德行，第一次去我们家里就听我妈妈说喝多了。”“听你妈妈说？你不在家呀？”小曼说。小草接着说：“我都快烦死他了，他去的第一天我就躲出去了。”小曼神秘地说：“主要不是你烦他，是你心里想着别人。”小草突然变得小声了，轻轻说了一句：“胡说啥呢，我有什么人呀 。”“哈哈哈，李鑫你看小草被我说中了吧，还害羞呢。”小草也举拳向小曼示意一下，然后眼神瞬间有一丝迷离，亚民最近怎么样呢？真想能见到他一面，哪怕是远远地看他一眼呢。接着李鑫也拿她打趣道：“小草同志不是真的被小曼勾起那难忘的甜蜜往事了吧？”“哪有呀，你们俩胡说什么呢？现在就和起伙来欺负我了？”“呵呵，哪敢哪敢。”

这顿饭吃了一个多小时，吃完饭已经快晚上八点多了，李鑫因为还要回学校，所以只是把她们送到了大望路的公交站，然后就忙着坐地铁走了。

现在都已经八点半了，人还是那么多，前边排了好多人。都市的灯火又开始辉煌起来，亮如白昼，这叫小草很感叹：“小曼你说，地方差距怎么这么大呢？在家里现在都该要上炕睡觉了，现在北京这边竟然还这么多人，所有人就和吃了激素似的，整天急匆匆的，也不嫌累。像有使不完的力气一样。”“呵呵，他们也想好好休息呀，但是这花销多大呀，干什么都是钱，没有钱连门都出不去。咱们老家就不一样了，家家都有地，吃水做饭都不要钱，所有花销就是电费，而电费才三、四毛钱一度，一个月还用不了十度呢。我奶奶家不是就在农村嘛？我那时候一到暑假就去，那儿生活可好了，其实，我挺喜欢的。”小曼兴奋地说。“是呀，”小草接过小曼的话，“城里是挺好，但是确实比较累呀，就和咱们上班一样，每天五点多就起床，洗洗涮涮，吃点早饭就到六点多，急匆匆地又挤公交，这快四个月了，我倒就从来没有坐过一次座。”小曼也感叹说：“是呀，我也上班快有三个月了，也没有坐过座呢。”

车终于来了，两个人使尽了全身的力气，把吃奶劲都使出来了，才挤了上来。这时小草想起了小曼，突然笑了，小曼问：“笑什么呢？”小草说：“哎，我说小曼，你和李鑫怎么又勾搭上了？”“什么话呀，什么叫勾搭上呀？讨厌。”小曼又打了一下小草，小草乐了，连边上的一个男乘客都跟着乐了。小曼有些不好意思，说：“以后不许这么说啊，我们是纯洁的。”小草笑着说：“呵呵呵，好好，纯洁少女，你们是怎么又联系上的呢？”“那次咱们不是留了电话号码吗？后来他回去就给我发来短信，说他到家了，问咱们到了没有，路上热不热什么的。我觉得他确实比较关心人，就和他聊了几句。”小草插嘴道：“是几句吗？”“讨厌，听我说呀。”“嗯，那后来呢？”“后来、隔几天他就会给我发信息，再后来我们经常在网上聊天，时间长了，我似乎对他有感觉了，要是上网的时候看不到他觉得特没劲，缺点儿什么似的，我也就主动给他发个信息或者在 QQ 上留言什么的。他一下课有时间就和我联系。久而久之，我们就又见面了，那次就是在西单图书大厦见的面。”“那是不是咱们见面后，你们第一次见面？”“是呀，在那里他等了我一个多小时，我去了，他忙着就给我买饮料，怕我渴了，我很感动，我们那天又去了天安门。”“还故地重游了啊？”“是呀，不过感觉很好呀。从那以后我们就经常见面了。他以后周末有时间就会约我。”“我说呢，我一到周末就看不见你，原来你去约会了啊，不过我当时也没有感觉到你们的事情，因为我周末还要上班。”“嗯，是呀，本来我也想去你们那儿上班了，后来就是因为他，我才去了现在这个公司，因为这个公司有周末呀。”“嗯，看这样你们是真正进入爱河了，可别淹坏了啊，哈哈。”“讨厌，没有正经了啊，小草。”“那你们到了什么程度了？”“什么程度都没有到呀？”“就没有那个？”“那个呀，讨厌你说什么呢？”“接吻了吗？”小草小声地说。小曼不好意思地点了下头。“啊？这么快呀？你真是厉害呀。”伸出大拇指比划了一下。“不过，和你说正经的，你觉得你们行吗？不是我给你泼冷水，他是个在校的大学生，咱们是个打工妹，将来他毕业还不知道去哪呢，也不知道他还会遇到什么人呀？”“那个我都想过了，我觉得无所谓，到时候再说，只要现在两个人一起快乐高兴就好了。我还没想那么多。”“哦，那你就要小心点儿呀，可别陷得太深了。”“哈哈哈，你和过来人似的。”“停停，我只是建议啊，我可不是过来人，我在这方面一点儿经验都没有。”

“哎，那你呢？你这事情，刚才李鑫在我没好意思多问，你怎么打算的，以后怎么办？”小曼问道。小草说：“我这事情很明白，我也和我家里说清了，我是不可能和那个色狼加酒鬼结婚的，这次给他们应付完了，也算是仁至义尽了。”“那你也要有理由呀？”“我说了，要想结婚彩礼10万，这累死他们也没有。”“那万一人家借到了呢。”“这不太可能吧？”“这有什么呀，现在有钱的多了。”小草又小声说：“不可能吧？”她有些后怕，要是他们真有呢，可怎么办呀？“对了，我还说我这几年不结婚。”“那人家要等呢？”“那就叫他等，反正我也没有说什么时候结婚。”“小草，你还是早点儿把这事情处理了，不行就直接说，别到时侯麻烦。”小草觉得小曼年纪不大，说的也很有道理，心里也开始寻思这事情了。还是早处理吧，要不然以后还真怕出了什么麻烦事情，他们家里在那边挺横的，而小草爸爸又是一个病人，腿脚不利索。由于他们整天抬头不见低头见的，还是早点处理了好，但是怎么处理呢？小草准备有机会和晓萌姐姐谈谈这事情，她觉得晓萌姐在外边见多识广，还是名牌大学的大学生，应该能给她出个两全其美的好主意。

小曼和小草一个月前搬到了晓萌姐姐一个朋友的家里，她们房子的主人是个女的，很有钱，据说出国了。房子留给晓萌姐给照看，在里边住也可以，就是不要把里边的东西给弄坏了，家具都很贵，都是实木家具。据说还有一套座椅是黄花梨木的。小草她们也不知道黄花梨木是什么，只是晓萌姐说千万别动那套老式的桌椅，否则赔不起啊。这房子业主从来都没有出租，于是晓萌姐就让她两个搬到这里住了，只负责给交物业费和冬天暖气费用就可以了。这对在北京打工的外地人来说，就像天上掉下的馅饼一样。三室一厅的高档住房，在通州这个地方租出去一个月最少要三四千，这样她们就等于省了这个钱，即使她们与别人合租个便宜的房子，一个卧室每个月最少也要一千左右，那样租不方便。这个房子她们从来不敢叫别人来这里，也不敢在里边做任何大的动作，总是怕损坏房子里的东西。但是，她们在这里边住着既舒服又自豪。

晚上睡下后，小曼还和小草讲了很多最近的事情，好像三天不见发生了很多事情一样，她把她和李鑫的事情又讲了一遍，当然也有很多刚才没有和小草说过的，加以补充，然后又叫小草把她这些天的情况也说说，讲着讲着两个人都不知道什么时候睡着了。

小草早上很早就来上班了，正好张经理路过柜台，她并没有把这两天的真实情况和张经理说，还依然说是他的父亲病了，回去看看，张经理关心地问现在怎么样了？好了没有，小草说已经好多了，谢谢经理关心，经理还在柜台上大声对

周围同事夸她爱岗敬业，父亲病了还回来工作，以后要向小草学习这种精神。小草感觉有些无地自容，但是还是要接受这个表扬。

白晓丽是她在单位的最好的同事加战友，她们是一个战壕里的，虽然月底业绩各算各的，但是还有个各柜台的业绩比对呢，她们是每个月业绩最好的了。中午吃饭的时候小草忍不住和白晓丽说了，说了她这次回家的经过，并且把她家的情况也和白晓丽说了。白晓丽是个比较讲义气的人，她看到小草这人不错，也就把自己的情况和小草也说了，她说自己是黑龙江的，父母也都是农民，爸爸好喝酒经常喝醉，现在得了脂肪肝比较严重，她每个月还要给家里寄钱。也有一个小弟弟在读书，现在已经读到高中了，学习不错，但是家里也是什么都没有，地倒是不少，但是她爸爸身体不好，干不了重活，只能靠她妈妈，所以大部分地都叫别人种着，自己家里也就没有什么收入。现在基本上家里花销和父亲治病以及弟弟读书都是她在外边赚的钱来支撑着，看着每个月能拿不少工资和奖金，其实自己只是租住了一个小平房，每个月 450 块钱，加上水电费 500 左右，整个一排平房，大家用的是一个自来水龙头，洗衣服都要排队。就是大家说的蚁族那样的生活，比较艰苦的，所以自己要加倍努力才行，否则根本支持不住家庭的开销。“晓丽姐那你们当初是怎么来这

里的？”晓丽姐叹了一口气，当时爸爸得了肝硬化，自己在家里闲着也就是和妈妈种地，但是一年到头也赚不了几个钱，后来也去了哈尔滨市里找了一个卖衣服的工作，一个月下来才赚一千多，除去吃喝和自己的日常最低花销，每个月只能给家里六百左右，根本不够。弟弟后来上高中花销更多了，自己就和一个姐妹通过朋友介绍，来北京闯荡了。小草说：“是呀，那你们一来就到这里来了？”“不是呀。”晓丽姐犹豫了一下，“一开始在歌舞厅当服务员。”说完了还看一下小草有什么反应，小草并没有什么反应，她也不知道歌舞厅的服务员是做什么的，自己认为也就是端盘子倒水什么的，和饭店里的差不多，白晓丽看她没有什么反应也就没有解释。“在那里赚得也不多吧？”“还可以，赚得是不少，比现在还多呢。”“那你怎么不在那儿干呀？”“不乐意干那工作了。没有尊严，还累。”“哦。”小草也没有多想。白晓丽说：“你觉得自己压力挺大的吧？”“是呀，我也是要养家，还要供弟弟读书。”“那你爸爸不用花那么多钱呀。好了，不说这些了，这些说三天三夜都说不完。”两个人似乎又有很多相近的地方，感觉同是天涯沦落人似的。

“你家里给你找对象，你不同意是不是，有别人了？”“那倒没有。”“那有梦中的情人了？”小草害羞地点了点头，“有了就努力去争取，我现在想好了，你等着别人可怜你，等着机会来找你那是不可能的。所以姐姐支持你，喜欢就去做啊，别想多了。”“嗯。”小草若有所思，白晓丽说：“别犹豫了，否则以后得不到的时候，你就会后悔了。就像工作机会一样，你必须去努力，谋事在人成事在天啊。”

“好了，到点了，咱们该换班吃饭了，别把咱们那两个替班的姐们儿给饿坏了。”她拍了一下小草的嫩手。白晓丽很乐观，不知道是把苦闷都藏在心里了还是真的乐观。小草觉得这个白晓丽姐姐和自己的经历有相似之处，都有很多压力和无奈，她和白晓丽的关系更近了。

小草回到北京后，就像又回到了正常人的生活一样，很安静很正常，每天早出晚归的，忙碌着却充实着，也累并快乐着，日复一日，定期给家里寄钱，有点儿像城里人买房还房贷一样。没有大变化，只是她和白晓丽两个人共同努力，这个月又得了将金。

这天小草准备请小曼吃一顿大餐。“小曼，今天下班早点儿回来呀。”“什么好事情呀？那么兴高采烈的。”“没有什么呀，今天想请你吃饭，对了还有你那个亲爱的李鑫。”“哦，他呀，今天他说有课。”“今天不是周末嘛，怎么有课呀？”“他说的，不管他了，反正我早点回来，好好地吃你一顿得了。”“好的，来吧。今天你想吃什么？我想吃自助餐。”“嗯，等等，我还是想想吧，回去再说啊。”“好的。”小草接着又给晓萌姐姐打电话。邀请她和刘军吃饭。晓萌姐姐说：“可能会晚点，要是太晚了就不去了，你们自己吃吧。”她还高兴地说，“知道你发奖金了，自己省着点啊。”小草还是执意要请，会一直等晓萌姐姐他们。自从晓萌姐当上副总，很少再看见她了，因为她很忙，而小草他们也是下班比较晚。晓萌姐姐说：“那好吧，我已经好久没有见过小曼你们两个了。正好今天事情不是很多，咱们也可以聚聚。”

这时候小草突然接到了妈妈的电话，“小草吗？”“嗯，是我呀。”“我是你妈。”“哦妈呀，怎么了？”“今天大国来了，说过几天他要去北京一个什么装修队干活，把你电话要去了，说去了没事的时候要找你。”“哦，找我干什么呀，我也不带理他，和他没有关系了。”小草冷冷地说。“哎，我是告诉你一声。”“找也找不到我。”“那你们到底还怎么着呀？”“那还能怎么着呀，我不是说了？我不愿意。”“我们现在也心里打鼓呀，前几天他还和他堂弟喝醉酒了，还把他们村的一个小伙子给打了，我也忘了那孩子是谁家的了，你爸爸说也怕到时候他过日子不着调，喝酒打老婆。你看这怎么办呀？”“来也找不到我，甭管他。回头叫我老叔和梅婶说，就说把婚退了。”“哪有那么容易呀，咱们和人家订婚了，现在再突然退婚，也得有理由呀，人家也要问咱们因为什么呀？”“就说我不愿意不就得了。”“小草呀，没有那么容易的事情，咱们这地方不比城里，那样会叫别人戳破脊梁骨的。”“那，那就像我原先和你们说的，要十万，我不是说现在不结婚吗，要过几年吗？”“哎，再说吧，我回头和你爸爸商量一下，这事都怨你爸爸和你老叔。我当初就说那孩子爱喝酒，看样子也不是很老实过日子的孩子，你爸爸就是不听，你看怎么着，这不就戳糊糊了吗？以后怎么和他过日子呀？”“放你那狗屁，你个老娘们家家的，我不是也为闺女好吗？”“好了，妈妈你们别吵了，这事情以后再说吧，我不愿意，他还能怎么着我呀。”“哎，那就这样吧。你可小心点，别到时侯你和他吵架了，他再打你。”“他不敢。”“这北京不是咱们老家。”“没事。”

小草放下电话，心里也没有多想那些事情，她觉得这些事情现在对她来说都不叫事情。他大国连找都找不到，再说找到了，他还能怎么样。小草正想着呢，小曼来电话了，“亲爱的在哪呢？”“我在楼上呢。”“我到楼下了，我还上去吗？”“先上来吧，等等晓萌姐他们。”“哦，行呀，你今天发大财了，还是有什么好事情了？还请吃大餐了啊？”“好了，先别浪费电话费了，上楼再说吧。”“哈哈哈，好好好。”“咚咚咚”听着小曼跑了上来，因为这是二楼也不需要等电梯，这脚步声一听就是小曼，她走起路来很有节奏，并且由于腿迈得高，穿上高跟鞋走起路来咚咚响。“怎么着亲爱的，是不是找到你的白马王子了？”小曼笑着说，边说边脱鞋。“去，还白马王子呢，今天我妈刚给我打完电话，说他们给我定的那个对象，今天去要我号码，要来北京找我呢。”“啊？真的假的？”“真的，说来这边做什么装修活呢，没事就要来找我呢。”“呵呵呵，那你可有的事情做了啊。省得你没事下班不好好待着，上什么夜大，呵呵。”“你还笑，我可不见他，前几天还在村里喝酒打架呢？”“啊？喝酒还打架呢？这哪成呀。”“就是呀。”“以后你们要结婚还不打你呀？”“我才不和他结婚呢。”“我知道，我亲爱的怎么会找那样人呢？”接着把包一扔抱了一下小草，小草有种说不清的感觉，她也感觉这大国的事情可能没有那么简单。小曼看她犹豫，若有所思的样子，“嗨，我说你还真担心呀，这是在北京，这么大地方，就是知道你电话，你不告诉他你在哪，也找不到你呀，再说就是找到你，大不了叫上我吃他一顿得了，有什么可想的。”

小草没有说什么，反正感觉不是那样舒坦。“晓萌姐姐快到了吧？”“我打电话问问吧。”“没事等会呗，刚才晓萌姐说可能会晚一点儿。”“我的妈呀？都快饿死我了，还晚一点儿呢。”小曼说着仰头躺在沙发上了，“要不你先拿面包垫一下。”小草说着，笑着拿面包去了，“得得得，美的你呀，我才不呢，好不容易碰到机会吃你一顿，你还想叫我吃面包吃饱呀，没门。”然后小草哈哈笑了，“那你就先忍着吧。”

晓萌姐姐和刘军终于到了，也没有上楼直接就去了附近的羊蝎子店，这是小曼和刘军都比较喜欢的地方，他们都是肉食动物，不过也奇了怪了，小曼整天吃肉也不见肥胖。刘军见面就说：“听说你们那位要请客呀？”看了一眼小曼，小曼说：“不是我啊，人家小草可能找到白马王子了。”小草害羞地打了她一下，“胡说什么呀你。”晓萌姐笑着说：“今天人家小草个人业绩超过了白晓丽，成了他们国贸分店那边的第一了，发了好几千奖金呢。”“啊？厉害。”小曼伸出大拇指比划了一下。“怎么不早说呀，早说咱们去北京饭店了，哈哈，”小曼笑着冲着小草说。刘军说：“那要是去北京饭店吃，她就是攒一年，咱们也不一定能吃饱呀。”

说着话到了羊蝎子店。

“哎，羊蝎子上来了，这是您要的，生菜，白菜，红薯片，宽粉，木耳，豆腐，这是您要的酒水。”

“怎么今天还喝酒呀？”晓萌说。

“是呀，男人不喝酒，白在世上走。”刘军说。

“嗯，晓萌姐姐就叫姐夫喝点儿吧。”小草说。

“嗯，还是小草比较理解我啊，理解万岁。”刘军说。

“还喝酒呢！”小曼说。“姐我和你说啊，今天小草他家里给找的对象，前几天就喝酒打人了。”

“哦，小草你那对象现在怎么样了，我最近比较忙，也没有腾出时间和你们俩聊聊，最近怎么样？”晓萌说。

“我不愿意的，我家里上次不是说我爸爸病了，然后我回去了，原来是叫我订婚。”小草把那回的事情边吃饭边详细地给他们讲了一遍。

“哦。那你们家现在叫你们准备结婚呢？”晓萌说。

小草说：“现在我们家也有点儿后悔了，反正不管怎么样。我是肯定不会同意的。”

刘军说：“对对，绝对不能同意，你嫁给他，那不是白瞎了吗？好歹也要找个在北京这边的白领吧。来先干一个再说啊。”

晓萌说：“大家举起杯，祝贺你啊小草，我很高兴你工作这么突出，你们经理经常夸奖你呢。真是不容易，小曼以后你也要好好干，向小草学习才行呢。”

“欧了。”小曼打个手势，“向我亲爱的小草学习，不过你要以后经常得奖金请我吃饭啊，哈哈哈。”

“没有问题。”小草说。

晓萌说：“就你贪吃。”

“好了，快干杯吧啊。”刘军有点等不及了，于是四个人干了杯中的酒和饮料。

晓萌问：“小草，你打算怎么处理这事呀？”小草说：“我和家里说了，反正我不同意，然后我就拿钱扛他们呀，我还说结婚要几年以后。”说的时候小草还有点得意。“小草，我觉得你应该直接就和他们说，你不愿意得了。”小草用期盼的眼光看着晓萌姐，晓萌姐姐说：“你要是这样拖下去，以后多麻烦呀，他们还等着你，你呢还不嫁给他们，回头他们说你耽误他们了，在咱们那老家农村是件麻烦事。”小草对晓萌姐姐无论是工作还是生活上都有几分崇拜。她说的话在小草看来比较有分量，“晓萌姐，那你说我怎么办呀。”小草问。“你就应该叫你家里人直接和他们说了，就说你又不同意了，要是说你爸爸他们不同意，他们可能会有意见的。”“那我回头就赶紧叫家里和他们家里说吧。”小草犹豫一下说，“晓萌姐，他要是找我怎么办呀。”“那你就直接和他说，你觉得不合适，叫他死了这份心，以后也就不再理他了。”“他要是缠着我呢，我觉得他好像是条癞皮狗。”“不会吧，这都什么年代了，如果那样，那就躲着点他。”晓萌说。

“小草记住这些，要是确实不愿意，还是要早说、早办。还是我老婆说的对，小草你就按照你姐姐说的，和他们摊牌。要不然以后你耽误人家了，人家会找你麻烦的。你们都本乡当地的，你爸爸爸妈妈他们都在那里住着。”小草嗯了一声然后点了头。

小草听了晓萌姐姐的话，回去还是想了一晚上。

白晓丽最近也不知道怎么了，精神好像不太好，在上班的时候总是强忍着困意，一到中午吃晚饭，还要趴在桌子上睡一会儿，总是感觉有点精神不振。小草一开始看到她和自己最近话不多，还以为是因为自己这个月的业绩比她的好，她不高兴呢。后来看她整天这样，她没有主动说，小草也不好意思问。这天小草实在憋不住了，虽然白晓丽对小草确实很好，也很信任，但是还是没有说。小草觉得有事情瞒着她，是不是遇到什么困难了，她家里的条件比自己还不好，是不是家里又有什么事情了，不好意思说。所以小草把准备邮寄给家里的三千元钱，那天一早就拿出来给白晓丽，“晓丽姐我这有点钱，我看你最近好像有事，是不是家里有事了，这点钱你先拿着，邮寄回去先给家里用。”白晓丽先是愣了一下，然后眼泪马上出来了，“小草你这是我的好姐们，不过你家里也比较困难，我就不用你的钱了啊。”“没事的，晓丽姐，我们家现在暂时不需要这些钱。你现在用着，等我需要了你再帮我嘛。”白晓丽真的哭出声了，抱着小草，然后流着眼泪说：“小草那就谢谢你了。我爸爸的肝病又犯了，现在需要做手术要挺多钱的。”“是呀，我说你最近精神不好呢，你看你黑眼圈，脸色也发黄，和没有睡好觉一样，白天你也总是瞌睡。”“是呀，不好意思小草，这样可能也会影响咱们两个的业绩。”“那倒没事，我就是担心你的身体呀，晓丽姐。有什么事情，解决就行了，不能不睡觉呀。”“小草，我不是不睡觉，我和你说实话吧。我每天下班后，晚上还有个兼职。”“啊？兼职。什么工作呀，还要在晚上？”“还是在歌舞厅做服务员。”“那多辛苦呀，也赚不了几个钱，还不如精神点多卖几个手机呢。”“钱倒是能赚不少，就是身心疲惫，不是人干的活。”“哦，那一个月多少钱呀。”“那是按天的，一天一般最少也要一二百吧，”“那么赚钱呀。”小草若有所思的样子。

小草想，我说晓丽姐那么肯受累呢，原来赚得多。“那要干到什么时候呀？”“没准有时候 10 点，最晚时候要到凌晨呢。”“哦，晓丽姐姐那是真的挺辛苦的啊。”“没有办法呀，咱们都是苦命人。”小草也不理解晓丽的意思，反正就是到北京来打工，她家里又有那么大的花销，真是不容易呀。自己就够苦的了，她更苦。她对晓丽姐既同情又敬佩。

秋冬相间的季节风吹在人身上显得凉飕飕的，加上秋雨的淅淅沥沥，一切显得也有些凄凉。小草一个人躺在床上，

听着雨水打在窗子玻璃上的声音，觉得有些害怕。最近小曼总是说晚上去朋友家不回来住，她就自己在家里，偌大的屋子里就她一个人，也显得很空旷。

第八章

正在晚上 11 点多的时候，小草有些朦朦胧胧要睡着的感觉，突然电话响了。这么晚了莫非小曼给她打的电话？她懒懒地拿过手机也没有开灯，“喂，小曼这么晚了还回来吗？”还没有等那边说话呢，小草随口说到。“什么小曼呀？是不是问小情人呀？”那边传来了一个醉醺醺的男人声音，吓了小草一跳，马上想是什么人打错电话了呢，“你谁呀？打错电话了吧？”说完就挂了，因为偶尔会接到一些打错电话的，说话的声音她从来没有听过。觉得很无聊，然后又把手机放下，正准备钻进被窝睡呢，手机又响了，小草依然没有接，手机就一直响，小草很生气，觉得这人怎么回事呀，都告诉他打错了，还没完了呢。干脆再和他说一遍，或者骂他一句之后把手机关了。“喂，我不是和你说打错了吗？你找

谁呀？”“你是小草吧？呵呵！”“啊？你谁呀？”“嘿嘿，我的声音你都听不出来了，我是你未来的老公呀。”“什么？你说什么呢？”小草竟然一时间没有反应过来，这个所谓的老公是不是和他开玩笑，恶作剧呢。“你到底谁呀？”“哈哈哈，你真傻，你连自己老公都不知道了呀？”小草突然想起来是不是那个大国呀。不是前几天才从她妈妈那要的电话号码吗？还没有等她问呢，那边又响起了那醉醺醺连话都说不清楚的声音了，“我是你老公大——大——大国，哈哈哈哈。”小草突然觉得恶心又害怕。“你说什么呢，别喝多了胡说八道啊。”“谁——谁胡说八道了啊，你就是我老婆，过一段咱们结婚了，就睡一个床上了，不就是我老婆——婆吗？你在哪儿呢？我要去找你。”小草真的懒得和这种人说话，想马上挂了电话。

小草回头一想，干脆正好，他打电话来了，我就和他说清楚得了。“大国，我正好想和你说呢，我们的婚事我不同意了。”“什么，你不同意？”大国突然好像清醒了一点儿似的，“我觉得咱们俩不合适。”“怎么不合适了？我大国论家庭论人哪点儿不是在咱们那儿说得出的啊。你怎么不同意了，是不是你在这边有了。”“这个你就别管了，反正我觉的咱们不合适，以后你就别再给我打电话了。”小草冷冷地说。“什么？咱们都订婚了，你说不乐意就不乐意了，你

凭什么不乐意呀？”“不凭什么，反正就是觉得咱们不合适。”大国性格暴躁，又喝了酒，大声地说：“你们家人和你糊弄我啊？订婚了还想说不同意，没门！”“我和你说大国，你别要无赖啊，这婚姻自由，谁说了也不算，就我自已说了算，你们家里再好我不稀罕，你找别人去，反正我就是告诉你，咱们不合适，我决定退婚了。”“你敢退婚，没门，想定就定，想退就退呀，想得美。”“那你想怎么样？”“不怎么样，就是咱们要结婚，你就得做我老婆。”“那我要不愿意呢？”“那我就跟你们没完。”“你简直就是无赖。”小草快要气死了，真是麻烦，还真遇到了一个这样的无赖。“我是无赖怎么了，你看看咱们那谁敢娶你，我在咱们那谁敢惹我叫他试一试。我不揍死他，我就告诉你。”“就是看不上你这无赖人，爱怎么样怎么样，反正我就是告诉你一声。”说着小草没有等他再说话，就把手机挂了。小草觉得和这种人没有什么可多说的，也懒得和他说，更没有精力和他说。

接着手机又响了，小草一看还是他，就把手机关了，这下清净了，但是小草躺在床上困意全无了。她心想这大国还真是个无赖，喝成那样上来就胡说八道，不仅是无赖，简直就是流氓。打死也不能找一个这样层次的狗东西，看他那说话的口气什么玩意。小草想着，突然换角度一想，他别到时候没完没了的，找麻烦呀，自己倒是无所谓，就怕到时候找他们家里麻烦。早就听说他们家族大，哥们多经常和别人打架，都一帮一帮的。可别到时候找他父母麻烦呀。本来想着和他说一声不愿意就完了，最多他们家里不高兴而已。没想到他会这样无赖，没准还真是有点儿麻烦。那就更应该和晓萌姐姐说的那样，赶紧把这事处理了得了。

小草几乎到了凌晨一点多钟才睡着。第二天白晓丽也笑着说：“小草你也加夜班了？”说着还神秘地笑了笑。“怎么了晓丽姐？”“你看你眼圈也黑了一圈。”“哦，是呀。我昨天晚上接了个麻烦电话，气得一晚上没有睡。”“怎么回事呀？”她就把昨天晚上的事情和白晓丽说了，白晓丽不愧是身大力不亏，说起话来都那么有士气。“妹子不用怕，他敢来欺负你，白姐替你削他。在这地方他还扎不了刺。”小草看着白晓丽那样霸气，还真有点儿大姐大的样子，然后就笑了，“晓丽姐，你还真有范啊。”小草伸出大拇指。“当然了，这点上你姐我肯定比你强，咱们哥们儿多。”小草以为白晓丽也就是和她随便说说就不再多说了。

她在中午给家里打了个电话，先打在她老叔家里了，上来就说老叔你给我介绍的什么玩意呀？接着，小草就把昨天的事情全部说了一遍。老叔有些惊讶，然后说：“你说的是真的？”“这还有假。”“你说这大国平时不赖，怎么喝点儿酒就这样呢，回头我问问他。”“你不用问了，我已经和他说了，我们不可能了。”她老叔似乎还想说什么，然后又憋回去了，说：“等着，我把电话给你爸爸啊。”小草也就把这事情和她爸爸说了，小草爸爸听完似乎也有些不快。这人怎么这样呢，这叫什么玩意呀，这不和二流子一样吗？小草把自己的想法如数说了一遍，叫她爸爸他们赶紧和对方就着这事情说不同意了，要求退婚算了，这也算是一个最简单的理由。说完小草也就挂了，没有再多说了。因为中午吃完饭要马上上班呢。

今天小曼还没有到家呢，就兴致勃勃地给小草打电话。说有好事告诉小草，小草说：“你能有什么好事呀？”心想昨天差点儿没有被那王八蛋气死还好事呢，但是小曼却说：“你打算怎么请我，去哪儿吃饭呀？”“打算给你煮方便面，能去哪吃呀。”小草笑着说，她又在电话里和小曼说昨晚的事情。“那我真不告诉你了。”“爱告诉不告诉，赶紧回来吧。”小曼说：“好，对了，你今天不去上课吗？”“今天不去呀，才周五啊，周末才去呢。”“哦，我都忘了，呵呵。好，回去再说啊，真有件对你很重要的事情。”小草给这两天弄得也没有心情去多想了，小曼就有个爱好，捡到一分钱也能给你打个电话说遇到天大的好事了，是一个天生的乐天派。

小曼蹬蹬蹬的脚步声又响起来了，小草在屋里就听到这

个熟悉的声音，要是几天听不到还不行呢，她们两个已经在一起太熟悉了，关系太好了，用老话说那就和一个人似的，穿一条裤子。

“唉，小草，定好去哪吃饭没有？”“还真出去吃呀？”“当然了，我必须狠狠地宰你一顿。”“那好吧，咱们去吃酸辣粉吧？你不是喜欢吃吗？”“今天咱们可要吃大餐呀。”说着又把包一扔，抱了小草一下，“亲爱的，今天我请，咱们去吃麻辣烫。”“那叫什么大餐呀，吓我一跳，以为你要叫我请你去吃北京饭店呢。”“咱们那点工资水平吃点儿麻辣烫都不错了，已经是改善中的改善了。”“到底什么好事呀？看把你兴奋的。”“你知道了才兴奋呢，我还不是很兴奋。”“那是谁呀？”“你想知道吗？”“当然了，你快说呀。”小草看着小曼去卫生间洗脸，也跟过去。“那就请我吃饭，我可就不请你了啊，那点儿小事。”

“哈哈，哦了，你知道我今天看到谁了吗，亲爱的？”“谁呀？”“亚民。”小草一时没有反应过来，“什么？”然后迟钝了一下，小曼大声补充一声道，“就是你那白马子加偶像加梦中情人徐亚民同学。现在听清楚了吗？是不是心里咚咚地跳，然后有些不敢相信？”小曼边擦着脸边笑着说。小草还真的心里咚咚跳了，有些激动，但是怕小曼猜中她有些不好意思，于是强忍着激动，装作平淡地对小曼说：“是呀？

在哪儿碰到的？”“啊？”小曼这下出意料，看了小草眼睛一会说，“你不激动呀？”“激动什么呀？”“嗯，明白了，你在和我装。”“我和你装什么呀？”小草觉得自己很老练也很沉着，谁知小曼突然哈哈哈笑了，“你的脸色和眼神欺骗不了我的，你现在和我说的一样，激动加激动。”说的小草终于憋不住了，伸出那娇嫩的玉手，捶了小曼一下，“你怎么那么讨厌呢？你们到底在哪儿看到的呀？问我了吗？知道我在这里吗？”一连串问了很多，小曼那还没有回答一句呢。小曼忙打个手势，右食指顶在左手掌上，“亲爱的，你能不能叫我一个个回答。我都快记不住你的问题了。”小草又不好意思了，要拿她的招牌动作捶小曼。小曼一躲，“好了，当然和他说了，把你的情况说得很详细，我都在介绍你，连我自己都没有介绍。行了吧？”“他怎么说的？”小草害羞地问。“他当然也很想念你了。”“胡说什么呀，我是说他怎——怎么样。”“哦，他呀，当然不错，就是没有女朋友比较郁闷。”“别瞎说了啊。”“好了，小草同志，咱们可不可以边去吃饭边给你汇报情况呀？”然后拽了小草衣服一下。

小草还真差点儿忘了要吃饭的事情了。两个人边走边打，笑着聊着，一路上小曼就像在介绍一件衣服一样，不停地向小草说着亚民的情况，小草也在含蓄地不停地问。

小草终于从小曼那里大概知道了亚民现在所在的学校以及一些学习和平时生活的情况。小草听完了之后感觉心里很舒服，好像找到了一件珍贵的旧物品一样。但是回想起来，其实她和亚民也没有什么，在学校只是相互学习，因为他们两个学习都比较好，相互在一些学习和生活方面比较照顾，相互比较欣赏对方，但是从来没有像同学们那样传说的他们在谈恋爱。他们其实自己内心是知道的，非常纯洁，就是想在一起促进学习，有问题了就共同讨论，学习累了就一起打打乒乓球，到操场散散步，没有任何进一步的发展，两个人的事都是心照不宣，他们想先把学习学好，等到考上大学了之后再考虑能否谈恋爱。

但是小草经过这些事情之后似乎感觉到了，亚民真的是她最喜欢的，也是那个可以值得去爱的人。小草是矛盾的，她现在还依然觉得自己只不过是一个没有上过大学的人，现在虽然在读成人教育的夜大，但是总觉得比亚民低一等，不在一个层次上，人家在名牌大学，自己只不过是一个打工的。

她在吃饭的时候，一会儿就会想到这些，小曼看到她若有所思的，就经常提醒他，“哎，我说亲爱的，你能不能暂时先不想你那白马王子，等周末或者哪天你轮休的时候去找他不就完了？现在最重要的是咱们先好好吃点饭，OK？”小曼连说带笑的。

北京的夜晚永远都那么热闹，大街上的行人都在夜晚找自己的喜欢吃的东西和喜欢做的事情，好像这个城市永远没有黑夜一样。

小草今天竟然破例和小曼喝了啤酒，也不知道是自己真的因为这个消息兴奋呢，还是因为最近大国那个狗东西的骚扰而郁闷呢，可能两者兼有吧。而小曼是一个不怕喝大的人，她自己喝也鼓励小草喝：“人生得意须尽欢，莫使金樽空对月。”小草似乎有些醉意了，“你说的不对，现在咱们也不是得意之时呀，咱们现在是失意。今天咱们俩多喝点，我现在觉得好累呀，真的想放松一下。”“好，小草我知道你，我明白你的心思，咱们俩今天就喝点酒。”“对了小曼，你家李鑫怎么样了。”“还行吧，最近他一直比较忙也不知道怎么回事。”“是呀，估计忙学习的事情吧。”“嗯，是呀。”小草也就不多问了。

“哎，小草，你说我们两个可能吗？”“这个我也不知道呀，不过我总觉得李鑫有点不可靠。”“呵呵，小草你可别吓唬我啊，我觉得他很真的不错。”“我也只是感觉，不是吓唬你。”“那你怎么感觉的？”“我也不知道，从他的眼神吧，还是什么地方，总感觉他好像不是和你掏心的。”“啊？你竟然敢看我男朋友的眼神，还那么细，哈哈哈，”小曼开玩笑地说着要揪小草耳朵，“讨厌，我才不稀罕呢，我心里早有人了，我还看不上他呢，哈哈哈。”“那我还看不上你们家亚民呢，呵呵呵。”“讨厌。”两个人说笑着，在这个麻辣烫的大排档里，每桌子人都像是独自的单元，可以随便说任何隐私的事情，也没有人去关心你，根本不像农村谁有点事情全村人都知道，然后那些中年妇女就到处串门嚼舌头。

在大城市就这样好，谁也不认识谁，人情淡薄但事情也少，你可以在热闹非凡的市场上谈论自己的任何隐私，也没有人去关心，也没有人有时间关心，所以完全可以在像麻辣烫这样的地方敞开心扉、旁若无人地谈论。

今天的小草和小曼似乎真的放开了，从七点半一直吃到快十点了，她们真是吃得昏天暗地，吃得忘乎所以，喝了六瓶啤酒，吃了不知道多少麻辣烫。两个人结账的时候竟然吃了一百多，对她们来说这绝对是一顿大餐。

两个人踉踉跄跄地走了回去，回去后窗帘一拉，脱了个精光，迷迷糊糊就都睡了，嘴里还不停地嘟囔着什么。

生活就是这样，它不会因为你今天喝多了而太阳会晚出来一个小时，也不会因为你喝多了时间就会过得慢一点。闹钟还是准时在6点钟响了，小草第一个醒来，睁开稀松的眼睛，把闹钟按了一下，就又软绵绵地躺下了。小曼竟然没有反应，过了5分钟闹钟又响了，小草又把它按下了，这次小草是有些清醒了。小曼也睁开了稀松的眼睛，“亲爱的是不是到点了？”“是呀，咱们俩昨天喝得太多了。都不知道昨晚怎么回来的。”“是呀，不过昨天真是我最开心的时候。”小草心想，这些天简直事情太多了。小曼说：“真叫个爽呀，今天真不想去上班了。”说着又掉过头去继续躺着，小草也不想上班，但是她不能呀，她今天不仅要上班还不能迟到呢。白晓丽说今天回老家有点事情，请假了，过几天才能回来，并且迟到、早退是要扣半天工资的，而要是请一天假就要扣掉一个月工资的二十分之一呀。

刚刚到单位还没有穿完工作服呢，就接到了一个陌生号码的电话，小草以为是客户买手机有什么问题呢：“你好，请问有什么需要解决的问题？”那边传来了熟悉而又叫她厌烦的声音，“老婆是我呀，我是大国。”“啊？有事情吗？”“没事呀，就是想你了。”“没有事我挂了，我不是说了吗，咱们没有关系了吗？”“老婆我错了，那天我喝多了，今天给你赔不是了。你在哪儿呀，我去找你，这几天我们没有活。”小草感觉他就像一个年糕一样。小草没好气地说：“咱们没有关系了，以后不要打电话了啊。”说着正好来了一个客户，小草就把电话挂了，去招呼客户了。“先生你要什么样的手机呀？是您用吗？您要什么价位的？这款挺适合您的。”小草流利地给客人介绍的。小草正打算给客人拿的时候，手机又响了，小草看了一下还是那个号码，没有接直接挂了。等客人走了，他还是给小草打过来，小草不接，他就发短信息。简直被烦得快疯了。边上柜台的冬梅看小草总是手机响了，又挂了。“小草怎么了？是不是和男朋友吵架了？没有男朋友的话那这个人是谁呀？老给你打电话。”“没有什么事，骚扰电话。”冬梅看她不愿意说，也就不多问了。

小草昨天快乐的心情，现在又被蒙上了阴影。这个癞蛤蟆怎样才能解决呢，都已经和他说了，也跟家里说了呀。滴滴又来短信了：你要是再不接电话，我明天去找你了，想甩掉我没门。小草懒得理他这种无赖，北京这么大，你吓唬谁呀，累死你也找不到这里，随你折腾吧。越是这样小草越是反感他，已经到了憎恶的地步。

第九章

一天小草也没有好心情，再加上今天早上白晓丽给小草打电话说今天回老家有些事情，过几天回来，叫她多照顾点柜台的事情，结果也就没有人和她聊天解闷什么的了。

小曼果然厉害，还真没有去上班，但是人家却有人陪，今天小草一下班进屋吓了一跳。“李鑫你怎么在这呀？”“我怎么不能在这呀。我来陪陪小曼，她昨天和你喝多了，有点不舒服。”“哎，还是有男人幸福呀。”小草假装阴阳怪气怪气地说。“那你也找一个呗，过两天咱们休息了，我就把你的白马王子给你约来啊。”小草脸一下子红了，“小曼胡说什么呢。”“亲爱的，还害羞呢，不好意思了？不是你昨天晚上喝酒时候还不停地念叨他吗？哈哈哈……”小草很害羞：“再说我打你了啊？”又做了一个标志性的动作。李鑫也站在那坏坏地乐了。

小草怕小曼他们再说出什么，也就直接说：“不和你这没文化的说了啊，我先进屋了，你们俩聊吧。”“哎哎，今天晚上我们请你吃饭呀。”“太阳从西边出来了？”“快点啊，换衣服得了。今天我们家李鑫来，你算是沾他的光了。”说着把手里的瓜子皮顺手放到垃圾桶里，然后轻轻地搂了一下李鑫的肩膀歪着头说：“是不是老公？”小草听得身上鸡皮疙瘩都起来了。“好了好了，别秀恩爱了啊，大庭广众之下，你打算请我吃什么呀？重色轻友之徒。”小草便走进屋里关上门脱着衣服说。“咱们去吃肯德基吧，我得把他养得胖胖的。”“好，养肥了卖好价钱。”小草拉着长音。小曼说：“对呀，哈哈哈。”“我可没有人买，买了还得给钱花，供我读书，呵呵。”

小草把衣服脱了正准备放在双人床上，发现床上非常地凌乱，小曼的头发丝子还在床上呢，睡衣胡乱地扔在床脚上，其中一半在床上，另一半搭在床沿下。小草扭头看一下地上，似乎明白了什么，地上乱扔着卫生纸，还有小曼的一件内衣竟然在拖鞋上。小草看到这里突然想起来了，竟然忘了把门反锁上，忙迈开两步，把门反锁了，平时就是小曼和小草两个人，已经习惯了不关门，因为从来没有别人来过，也就是晓萌姐偶尔来一次不过都是女的也无所谓了。当小草匆忙地把门锁上之后，低头看了一下垃圾桶，小草几乎傻在那里，这下她觉得比他想象得还要严重，因为垃圾桶里竟然有避孕套，看着真叫人恶心。

她觉得小曼对自己也太不负责了，这样也太不靠谱吧，她一直觉得李鑫根本靠不住，并且从哪方面讲小曼和李鑫也不可能，几乎没有将来。现在小曼是真心的，但是李鑫根本就不像对小曼真心，感觉就是拿小曼作为业余的消遣。小草本以为小曼当初也就是没有男朋友，交一个男朋友，一时新鲜，一起聊聊天吃吃饭逛逛街也无所谓的。但是小曼竟然没有把持住，发生了了这种事情。看到他们还悠然自得的，似乎很不在乎，自己回来了竟然也不隐晦，不打扫一下。小草觉得李鑫太不靠谱，也太不负责任了，简直就是玩弄小曼。她越想越生气，似乎有些恨李鑫，更觉得小曼可怜。她就这样怔怔地站在门口愣神。这时小曼看到小草还没有出来也没有动静。“哎，小草换完衣服没有？”小草这才回过神了，悠悠地哦了一声。“快点呀，这么慢呀，是不是想白马王子呢。”然后听到李鑫和小曼哈哈的笑声，“老婆，你看小草默认了。”小草一句话也没有说，此时她不知道说什么，也不想说什么，觉得他们很没有意思。但是小草回头一想，估计他们是第一次，否则他们不会这么大胆的。小草暗自叹了口气，还是先不说了，等回头问问小曼，提醒她一下，别陷太深了，得了。不过，要是有一天李鑫对不起小曼我可不答应。

小草换完衣服，他们似乎已经等不及了，小曼拽上小草“走，走，快点呀亲爱的！”小草以前没有觉得这句话有什么，但是今天她觉得有点不舒服，估计小曼平时就这样叫李鑫叫习惯了，因为小曼是最近才叫她亲爱的，可能从开始这么叫她之前已经这样称呼李鑫了。这一顿饭小草虽然没有表现得不高兴，但是也没有像往常那样兴奋，她就是觉得挺惋惜小曼的，他们不应该这么快呀？也许女人就是这样，遇到自己喜欢的男人，愿意为他付出所有？如果自己喜欢的人需要，自己也可能会付出，但是她还是为小曼感到有些惋惜。

晚上吃完饭，李鑫没有走，小草还担心，不会他们也住一起吧？还好，他们还算有点自爱之心，没有太过份。李鑫住了另外一个靠近厕所的房间，当然他们还是聊了很久小曼才回自己房间，小草还没有睡觉，因为每天她都要学习一会儿，自从她知道亚民就在北京林业大学，正好她就考了北京林业大学的成人高考，她认为这可能就是命运的安排，所以读了夜大。夜大是一种很好的继续学习的方式，不用耽误工作，还可以拿文凭，夜大顾名思义就是业余时间上的大学。她一方面是放不下自己的大学梦想，另一方面也希望能在学校碰上自己的白马王子亚民，虽然觉得亚民是真正的名牌大学的大学生，自己也是遥不可及，也几乎不可能。但是还是希望能经常见到他，哪怕是聊聊天也可以，或者经常看他一眼也行。

第二天由于是周六，小曼正好又不上班了，一早看到小草起床就说：“小草，等等我们，我们也去你店里转转。”“干什么呀？检查我工作。”“呵呵，是呀。”然后就大声叫着“老公老公起床了，快点。”还真和夫妻一样，那边传来了懒洋洋的声音，“嗯，知道了，干嘛呀，这么早？”“一会儿和小草去她店里。”“去那儿干什么呀？”“别问那么多了，和我去就行了。”

小草觉得他们挺有意思，虽然看不惯他们那样，但是过了一夜也就不那么多怨恨了，哎，算了，以后叫小曼多留心点得了，别陷得太深了就行了，要有个自我保护意识。没准人家要是真的有缘呢。

一路上小曼和李鑫手就一直牵着手，不管是上车还是下车，宛如一对新婚夫妻，不时地两个人边说边笑。小草说也不时上几句，小草感觉他们还真的很恩爱，可能自己误会他们了，也就不想那么多了。店里的人今天不少呀，可能因为是周末，大家都休息所以有时间出来买一些电器和手机什么的。“小草，我先去那边转一转啊，一会过来你帮我挑个手机。”“啊？你要支持我工作吗？”“是呀，好呀。”“你那部手机不是才买没有多久就要换了，真行呀。”“不是，我要男士的。”随即小草好像明白了，“是不是给给……”还没有等小草说完呢，小曼就抢过来说：“是呀，你看我老公手机都成什么样子了？”李鑫似乎有些不好意思，忙摆手说：“不用不用，我这个就挺好的。”“好什么呀？你看皮都掉了，以后坏了我都联系不上你了，呵呵。”小草哈哈哈笑着说：“行呀，准备给他定位了，跑到哪都能找到啊。”“你先给我们选一个物美价廉的，要双卡的啊。待机时间长，拿出去比较有范的，价钱一般的啊。”“真行啊你。要好的还不想出钱。”“好了，那我们去那边看看啊。二楼是不是买衣服的？”“是呀。”“好的，那我们去看看。”小曼拉着李鑫的手就走了。

这小曼可真可以呀，现在都开始打扮自己男朋友了啊，平时看她大大咧咧的，没有看出来还这么细心呀，这人真是不好说，有时候平时看着很贤惠或者很温柔，骨子里不一定就那么温柔细心，而平时看着大大咧咧的骨子里没准还很关心人很细心呢。小草琢磨着这些事情。

“嗳，草，刚才那是你什么人呀？看着怎么和咱们以前那个晓萌经理长得那么像呢？”小草现在也比较有心计了，她不想叫别人知道她和晓萌姐姐的关系。“哦？是吗？”“就是你刚来时，给你面试过的那个女的。”“长得什么样子？”隔壁柜台的王华比划着和小草说，还一边给客户在柜台里拿手机看。“哦，印象不深了，那是咱们以前的店长经理。”“是呀。”小草随口答应着。

第十章

今天的客户还真多，一个接着一个的，小草都有点儿忙不过来了。正当她给一对穿着一身蓝色情侣装的客户介绍产品的时候，突然听到有人喊，“哈哈，终于找到你了。整整找了你两三天才找到你这。”小草抬头一看，吓了一跳，竟然愣在了那里一下。“你，你怎么？”还没有等小草说出来，那人就说：“是不是想问我怎么找到你的吗？哈哈，我是在国贸这边找了你两三天了。这两天工地没有活，我就天天挨个电器店找你，才找到你，我就知道你在这片的电器店里卖手机，是你老叔当时告诉我的，哈哈哈，终于找到了。”他满脸通红，带着酒气。大国趴在小草的柜台上，色眯眯地看着小草。他手指还夹着一支香烟，手指缝里都是黑泥。小草看着都恶心。她终于缓过神来了，说：

“你来这干什么？”“你说呢，老婆？我来找你呀。”“找我干什么？咱们又没有关系。”他突然嗓门大了，“嗨，这话说的，咱们订婚了，怎么没有关系？”这时边上的王华以及对面卖冰箱的，还有一些路过的客户都停下来看着他们，小草恨不得找个地缝钻进去，感觉太丢人了。这时王华隔着一层玻璃，把手伸过来捅了小草一下，“唉，他是谁呀？”小草没有说话，平静了一下心情，然后说：“你赶快走啊，我和你没有关系。你再在这捣乱可不行啊。”王华又问小草：“是不是你老家的那个？”小草无奈地点了下头。“嗨，你叫大家说说怎么没有关系了？我是你男人。”听到她这么大声喊，有这么多人在这看着，小草有点儿急：“你赶紧走，我上班呢。”然后把头扭过去抹了把眼泪，似乎气得哭了。

这时王华叫了保安，保安过来了，“你好，你是干什么的？”他头也没有回还是叼着烟站在柜台前，要和小草说什么。保安拽了他一下，“先生，你把烟熄灭了，这里准许吸烟。”“哈哈，吸烟你管得着吗？我又没有抽你的烟？”“我们这儿有规定，这里不许吸烟，这是公共场合，希望你能配合。”大国手一甩，“配合个屁。”“那请你出去。”“出去？我来找我老婆又不是找你老婆，你管得着吗？”这时候过来一个高高胖胖的东北男人，“怎么回事？”“这个人在这里闹事呢。”一个比较瘦的保安说。

那人去抓了一下大国，“你怎么回事？”大国一看这人一脸横肉，长得那么壮，又是东北口音，这下有点儿心虚了，“我，我来找我老婆的，他不叫我在这儿。”“你给我把烟掐了。”大国还有点儿不愿意地看他一眼。“看什么看？快点，这是公共场所你不知道吗？”大国不情愿地把烟扔到地上，踩了一脚。“怎么回事你这人？捡起来，扔垃圾桶去。”那人不悦地说着。大国一看这架势，估计非捡不行了，虽然不情愿但还是捡起来了，他心里还想再装一下，但是又不敢。这时那人问小草是不是那么回事？因为小草在这里大家都和她比较熟了，一个是她业绩好，一个是她在一进门口的位置，每天大家上班都能见到她。小草转过来，脸上还挂着泪珠，顺手擦了一下，说没有什么？

“没有什么？你是我老婆。”这时候大国又回来了，“我打你电话，你不接，找你，你又不和我回去。”这时候小草气得要昏过去了，开开门要出去，想躲一下。“想走没门。”大国去拽小草胳膊了。“有话好好说，你干什么？”那个人又捅了一下大国。“小草到底怎么回事？”这时候小曼他们到二楼楼梯口的时候听到了下边吵架，还有小草的声音，就下来了。他们跑了过来，问：“小草怎么回事？他是谁？”小草没有说话，已经气得流泪了，在这太丢人了，他还这么无赖。这时小曼似乎明白了，小声地说，“他怎么找到这了？”“不知道。”“哎，我说，你这人怎么这么无赖呀？”“谁无赖呀？我找我老婆有什么无赖的？”这时候小草那个经理也来了，“怎么回事？”王华和张经理说了一下。“怎么回事？他是我老婆。”大国大声说。“行了，有事情来我办公室。”张经理说。这时候大国小草还有小曼李鑫都到办公室了，大国边走海边得意洋洋的，一脸酒气，边上有的人窃窃私语，这么好的女孩怎么找一个这样的人呢，真是白瞎了，大家撇来白眼。大国听到了根本不在乎还觉得自己挺有本事呢，找到一个这样的老婆。他大摇大摆地跟在队伍后边。

“说吧，怎么回事？”小草突然泪水直流。“别哭小草，到底怎么回事？”任何人都有同情弱者的心理，张经理关心地说。小曼和李鑫也说：“小草别哭，哭什么哭。”“你跟我回家，结婚过日子不就得了吗？我肯定叫你过好日子。”“谁和你过日子呀？”“不和我和谁呀？和这些小白脸呀？”“你说什么呢？和谁也不和你。”“你敢。”大国说着就去抓小草，小草甩开了。李鑫忙着把小草拉到自己的左边。“你干什么？这是我办公室。小草你们坐下慢慢说。”张经理瞪了一眼大国，大国虽然是混子但是还没有那么大胆子，他怕挨揍，尤其是刚才那个东北哥们，一看就把他镇住了，也就没有再拽小草。小草有点儿不好意思说。小曼这时候忍不住了，

“你好，您是小草的领导张经理吧？”张经理有些惊讶，“你怎么知道？”“小草经常提起您，说你对他挺好的。”别看小曼大大咧咧在关键时刻还真有用啊。哦，张经理心里有些高兴，露出了一丝笑容，也产生了今天要保护小草的强烈愿望，人就是这样。当遇到尊重和认可自己的人他就会产生一种亲切感。“那你说一下怎么回事呀，你知道吗？”“我知道，我和小草整天在一起。”她就把小草怎么被骗回去订婚，大国怎么给小草打电话骚扰，甚至把大国在订婚时候的不良作风也说了一遍。大国听小曼那么贬低他气得总想插嘴。但是都被张经理给打断了。

张经理这时候终于听明白了：“你叫大国？”“是呀，怎么着？”“不怎么着呀。我就是说，小草不愿意，你还缠着干什么？”“她不愿意你再找个别人不就行了？”“那可不行，我们都订婚了。”他也不客气，往经理对面的沙发上一座，“现在是婚姻自由，结婚还离婚呢，订婚怎么了？”小曼也表现得不高兴。“是呀，现在都什么年代了。”李鑫补充道。“这和你们没有关系，反正我们订婚了，他就是我老婆了。”“放屁！”小草终于忍不住了，带着哭腔说，“谁说嫁给你了？”“嘿嘿，不嫁给我你和我订婚？”“那不是你们骗得我吗？”“那是你爸爸叔叔骗的，和我有什么关系，反正订婚了你就是我家的人。”“你？！”小草气得连话都

说不出来了，就是狠狠地指了他一下。他却很得意的样子好像自己很占理似的。

张经理觉得这人一根筋，也没有什么可和他讨论的了，和他是讲不通道理的。“那你来这里想要干什么？”“不干什么呀？我就是找我老婆，想她了，还有就是叫她回家和我结婚。”“我死也不会嫁给你的。”大国的本性突然发作了，嗖的站了起来，指着小草说：“不嫁给我，你敢，订婚花了我们的钱。”“我花你什么钱了？”“订婚吃饭的钱，还有给梅婶和你老叔的酒钱。”小草觉得的这个无赖简直是没有办法了，也大声地说：“那多少钱？”“一共3000多呢。”“我陪你行了吧。”小草几乎要气炸了。“无赖。”小曼骂了一句。“你骂谁呢？”说着他就冲小曼去了，李鑫一看忙去抓住了他伸向小曼的右手，“你要干什么？”“滚你妈的蛋，叫你们瞎管闲事。”说着推搡了李鑫一下，李鑫也急了，顺手给他了一拳。他反过手来又打了李鑫一拳。吓得小曼和小草叫了起来，张经理站了起来，去给他们两个拉架。张经理个子不高，大国长期干体力活，比较强壮。一下把张经理甩开，还打了张经理头部一拳，这时候大国似乎疯了一样，拿起张经理桌子上的笔记本就砸向李鑫，李鑫一躲闪没有砸到，然后又拿茶杯。这时候保安听到吵闹声跑了上来，随后那个高个队长也跑了上来，一看张经理被打到头，斜坐在沙发上，地下是一台摔坏的笔记本电脑和玻璃杯子碎片，小草和小曼正躲在墙角吓得直哭。李鑫和大国扭打在一起，显然李鑫根本不是大国的对手，已经被大国压在身下，掐着脖子。李鑫一只手抓着他掐在自己脖子上的手，一只手抓着他的头发向上拥着，脸憋得透红。张经理一边站起来帮助李鑫，一边喊保安。

来了两个小个子保安，马上去拽大国掐着李鑫的那只手。另外一个拽大国的另外一只胳膊，谁知大国回手打了保安一拳。这时候，他真的失去理智了，因为他有一股牛劲，把那保安打得头一蒙，大个保安队长也正好上来了，看到这一幕，急了，上去就是照着大国的脑袋踹了一脚，也不知道这一脚是力度太大还是大国看到他比较害怕。大国一下放开了手，滚下了李鑫的身，那个大个保安还是不饶他，又是一脚踹在了大国的肩膀上。大国也顾不过来打别人了，抱着头往地上一蜷缩，那两个保安也一人给了一脚，还准备继续打他呢。

这时候张经理似乎刚有点清醒了，过来拽住了大个队长，“唉，刘队报警吧，把我东西都给砸坏了。”李鑫也站了起来，小曼和小草本来刚有点反应过来要帮助李鑫把大国拽下来，谁知这么快发生了这么多事。小曼看到李鑫站起来，赶紧去看看李鑫怎么样了，看不是很严重，忙帮李鑫整理领子，拽着李鑫的手很心疼。这时候小草气的哭着说：“你这畜生。”

然后大国突然站起来准备要跑，因为他现在似乎有点清醒，一个是怕他们再打他，一个是他把别人打了，还砸坏了人家电脑，摔坏了东西，又听张经理说要报警。

当他站起来还没有跨出门门口，那大个保安一把把他提溜了过来，又给了他一拳，然后把他控制起来闹事还想跑。“我没有闹事，我来找我老婆，你们管得着吗？”“少他妈给我废话，小心我削你。”大国还想说着什么，那个保安队长举起手又要打他，张经理忙着劝了一句，“等一会儿派出所的来了再说吧。”

大国挣扎了几下，被那两个保安按在桌子上，他也没有办法了，只是狠狠地歪着头看着小草。“小草你给我等着，你早晚是我的，你要不和我结婚。我也饶不了你们家人。”小草说：“你这流氓，谁也不会嫁给你的。”不过小草听他威胁要欺负她家人，她还是有点儿害怕。保安队长指着他说：“就你这样的，遇到一次打你一次，还在这吹牛呢。”大国被那两个保安按着，也没有再说别的话，还是满嘴的酒气，就说好几遍“你等着瞧，等着瞧”。

过了不到五分钟，警察终于来了，把大国、小草、李鑫、张经理以及大个保安队长全带走进行协助调查了。在公安局详细了解情况下，大国扰乱社会治安被拘留了十天，赔偿笔记本和桌子等各项财产损失 6500 元。当然其他人也接受了一些批评教育，比如大个保安队长等。

这时大国的家人也接到了通知，大国家人已经习惯了他在外边惹事情，由于大国没有理在先，也不好意思找小草家人去说，埋怨小草，也就装作谁也不知道。但是大国却是憋了一肚子火，更叫人难看的要数小草了。经过这次事情，张经理也知道她上次回去干什么了，并且整个商场的人都知道这起事情，叫她几乎没有脸在这干下去了。

经过这次事情，小草对小曼、张经理和李鑫以及高个子队长都很感激。晚上请他们吃了顿饭。大家觉得小草真的不容易，也挺可怜的。最重要的是竟然还那么坚强乐观，大家便都比较放心了。

晚上回到家里，小草和小曼又讨论了一遍今天的事情，“小草你无论如何要赶紧和他断了，可别这样下去了。再这样下去还不知道会有什么事情发生呢。”“是呀，我必须赶紧叫家里和他们说清楚。”“那你们订婚你要他们东西没有。”“没有呀，我又没有准备嫁给他，你说我要他们东西干什么呀？那不是自找麻烦吗？”“但是我觉得你还是犯了一个错误，你觉得把那天混过去，以后再不同意就完事了？”“是呀，我是这样认为的呀。但是谁知道遇到这样一个混子呀？唉，这绝对是千古一训呀。”“得了吧，你还有心情拽词呢。”“呵呵，不过你看今天我们家

李鑫多勇敢呀？”嗯，还真是，我今天对他还真是刮目相看， 还得谢谢他呢。今天那几个人都挺够意思，我真的要谢谢他们呢。要不是有这么多人在这，还不知道他要做出什么事情来了。”“嗯，就是嘛。那个大国太不是东西了，一个纯酒罐子，你看他那一脸酒气，不管不顾在哪都撒野。你说你老叔他们怎么给你弄个这样的货色呀？”

“好了，这些一会儿再说，我赶紧给我家里打个电话说一下。”“对，赶紧打吧，别到时候再去你家里闹。”

电话响了半天，终于传来了她老叔的声音，“喂，谁呀？”“老叔，我是小草。”“啊？什么事呀？”“你去我们家一趟，我给我妈他们说两句话。”“什么话呀？不打紧的，就先跟我说了，回头明天我再告诉你爸爸他们去，这么晚了，估计他们都快睡下了。”“急事。”“哦哦，行那你过一会儿再给我打过来啊，我这就去。”“嗯，那先关了啊老叔。”

“这么早就睡了。”“是呀我们那村里经常晚上还停电呢，一老早就睡了，有时候天刚黑就睡了，呵呵。”你说小草，也不怨农村的孩子生得多啊，要不然一到晚上干什么呀？”“去去，我说你小小年纪竟胡说八道呀。要不然明天，把你送到农村多生几个孩子去啊？”“呵呵，得，我有我们家李鑫呢，才不去那儿呢。你说这你要真是和大国成了还不得生出一大群孩子呀？”“拉倒吧。你呀乌鸦嘴，是不是你最近尝到什么好事了，这方面还挺在行。”小曼有些不好意思了，觉得小草话里有话，莫不成她知道自己和李鑫……她脸一下子就变得粉红了。小草歪着头看她：“怎么脸红了？”“行了啊，不和你说这些了。”“心虚了？”“嗳，那有什么心虚的，说就说，我和李鑫是一块住过了。”“我就知道呀。”“你怎么知道，难道你也和别人住过？”“放屁，我是那天看到咱们俩卧室一片那个什么。”小草都有点不好意思说了。

忽然手机响了一下又挂了，“小草，不会是那个大国被放出来了吧？”“不是，他得十天呢。那谁呀？”“我老叔呗。”“哦，吓我一跳。要是他来咱们这，咱们俩还打不过他呢。”“他也不知道这里呀。”“那他也不知道你店在哪呀，不是也找到了？”这样一说小草还真有点害怕了。

小草打通电话了，向小曼摆个手势，叫她一会再说。“啊，小草呀，这么晚了还打电话干什么呀？”“你们是不是和大国说我在哪上班了？”“是呀，那天那你梅婶问的，怎么了？”“大国今天来我们这儿了。”“哦，你们在一起呀？”“什么在一起呀，他在监狱我在家里呢。”“啊，什么？怎么了，他犯什么法了？”“他来我们这里闹事打架。”小草把经过和他爸爸说了一遍。她爸爸一直也没有说什么，就是不停地唉声叹气。听她妈妈一会插一句，好像很焦急的样子。

电话挂了之后，小草爸爸就一直在说：“找一个这样的混子可怎么办呀，这可怎么办呀，唉！”他老叔这时候也困意全无，又问了一遍他爸爸什么情况。“哎，这可怎么说的，这可怎么说的。我这寻思给小草找个好人家，你说说，你说说，我怎么就没仔细打听打听。”“都怨你死老头子，我就说那孩子第一天来就看他喝成那德行，不放心，你就不信，这回还沾边赖了，你说怎么办，这婚事肯定不行了，就是咱们同意，小草死也不会同意了，再说这不是把孩子往火坑里推吗？”

“你个老娘们家，我那也不是为了咱们小草好吗？给他寻思找个好主吗？”“那你找得好主就这样呀？”这下小草妈可是忍不住了，抹眼泪说。小草爸爸吧嗒吧嗒抽了几口烟袋锅子，又往炕沿磕了磕烟袋，重新装了一袋烟，慢慢地若有所思地按着，便没有底气地和小草妈辩论。“行了嫂子大哥，你们别吵了，吵架啥用呀。”“还有什么用，还不是你给攒的？”“唉，嫂子，这话可不对呀，我是给张罗了，但是你们不是也同意吗？再说了谁知道那大国是那样呀？平时看到我都打招呼，觉着这孩子不赖呀，那天他爸爸和我说他们大国看上小草了，我才跟你们说的。”“行了。”老齐又拿烟袋磕打磕打炕沿，“现在说这话有屁用呀。”

“那你说怎么着呀。”

“他老叔你先回去吧，叫我再想想，回头明天再说。这天也不早了。”

“行，那明天再说吧。”他老叔也背着手悻悻地略带愧疚地走了，心想这还怨上我了呢。我不也是为孩子好，想着以后咱们还有个照应吗。

这一晚上，小草爸爸还妈妈都没有睡好觉。想一会儿说两句，想一会儿说两句。直到后半夜了老齐才睡着，天大亮了，还没有起来呢。

老齐本以为，大国爸爸会来他们家里说说这事情呢，但是等了一天也没有来，看来他们真是不把我们当回事呀，心想，要不就是没有脸来见我们。

他们没有来老齐家里说这事情，更不用说来他们家里道歉了。本以为他们要是道歉了，还可以看在乡亲的面子上，叫小草去派出所说说把他放了得了，但是他们竟然没有来，老齐虽然不高兴但是也不能主动找他们去吧。那就先这样吧，看以后他们怎么说吧。于是，这事情也就放下了。

第十一章

好几天过去了，小草似乎已经要淡忘那件事情了，因为她的工作比较忙，这几天柜台里就她一个人。白晓丽终于回来了。一早上看到白晓丽，小草第一句话就是“晓丽姐回来了？是不是家里有什么事情，那天看你急急忙忙地和我说话，我也没有来得及问你。”白晓丽这几天显得苍老了不少。“爸爸身体的病情严重了，做手术呢。”“啊？还是那病吗？”是做心脏搭桥手术。“是呀，做完了吧？”“做是做完了，效果也还可以，就是花了不少钱，我们折腾了好几天。”“那你要不然回去休息吧，再和经理请个假。”“不能再请了，再请假就被开除了。”晓丽无奈地笑了一下。

白晓丽这几天依然还是白天上班，晚上也上班，不过每天早上来了都经常给小草带一些早点什么的，对小草很好。

小草和她提过一次想周一至周三晚上和晓丽姐一起做个兼职，多赚点钱，晓丽却说：“这工作不适合你，你别去了。”她故意回避，小草还有些纳闷呢。

这天晚上小草正和小曼在看电视呢，已经晚上十点多钟了，突然接到白晓丽的电话，“喂，你好，请问你认识白晓丽吗？”“认识呀，你是哪位？”“我们这里是医院呀，白晓丽叫我给你打这个电话的，你等着啊。”“好，好。”“小草，你在哪儿呢？”白晓丽有气无力地在那边说着话，“晓丽姐你怎么了？”“你能来趟医院吗，帮我点忙，我现在在医院刚醒过来。”“好好，你在哪家医院呢？”“我在朝阳医院呢。”“好的，我找不到那，我马上打车过去啊。”“你别着急，好好的，谢谢老妹了。对了你再拿点钱给我，我现在身上没有什么钱了。”

小草赶紧把几百现金和银行卡拿上就跑出去了，小曼还有点莫名其妙呢，“哎小草怎么回事呀？你干什么去呀？”“我的那个同事住院了，叫我过去呢，我去看看。”“严重吗？”“不知道。”“用我去吗。”“不用了，我自己就行了。她在这儿估计也没有什么熟人。我得赶紧去。”“慢点啊，有事打电话。”小草换衣服穿上鞋，就跑了。

医院这时候也比较安静了。医院太大了，根本找不到哪儿是哪儿。她忙给白晓丽打了电话，终于找到了：“晓丽姐，你怎么了？”“我现在好多了，没有什么大事了，就是得养着，你先把住院费给交了。”“好好，晓丽姐你先等着啊，我去交完住院费，马上就来。”白晓丽似乎要落眼泪了，冲着小草摆了一下手示意她去吧。这住院费真够贵的，一下就交了2000多。

“嗯，你感觉好点没有？”白晓丽苍白的脸色带着勉强的微笑说：“好多了，真的谢谢你了，要不然我都没有钱交住院费了。”“晓丽姐怎么回事呀？”小草真诚地问白晓丽。白晓丽犹豫了一下，然后又似乎很艰难地说：“老妹呀，我在这就你和我最好了，我就和你实话实说吧。”小草点了下头，看着白晓丽，这时候白晓丽又落下了眼泪，小草拿卫生纸给她擦了一下，她自己接了过去。

白晓丽哭着说：“小草，你知道为什么，你好几次想和我一起做兼职，我都没有同意你去吗？你是不是有点儿不理解或者怨我？”小草点下头，又摇下头。“我倒是没有埋怨你，就是不理解你为啥不叫我去，我一开始还以为你怕我太累呢。”小草微微笑了一下。白晓丽也笑了一下，“你还真是纯洁善良，要是我，可能会觉得你是怕我抢你饭碗，你却觉得我怕你累到。”说着握着小草的手。

“小草，我其实干的工作真不适合你干。”“为什么呀？那你干的什么工作呀？”“哎，我是在KTV陪人家唱歌。”“哦，那是什么工作呀？”“就是陪着那些男人喝酒唱歌。”小草好像有点儿明白了，因为她经常可以从电视上看到这些，那好像不是很干净的工作。晓丽看到小草那忧郁的眼神，接着说：“不过其实平时呢也没有什么，就是让人家开心快乐就行，他叫你喝酒你就喝酒，然后我们还要劝他们喝酒，因为也是有提成的，就和咱们卖东西一样。”小草哦了一下。白晓丽接着说：“但是要是遇到坏的人，他们就会很过份。”小草似乎有些紧张，“那会怎么样？”“他们都想那什么……”小草啊了一声，“是呀，那你怎么办呀。”“那就想办法和他们周旋呗。好了不说那么多了，我就是和你解释一下，我为什么不叫你和我去那做兼职工作，希望你能明白我的意思就行了。”“晓丽姐，我知道了，你是为我好。”小草轻轻地又攥了一下白晓丽的手。“那你为什么去这里呀，可以到别处做点兼职呀。”“老妹呀，这里才能晚上工作呀，白天咱们还得在店里上班呢。这里夜里上班赚得还多，我家里花销太大了，全靠我呢。”小草同情地点了下头。

“那你今天是怎么回事呀？”“我今天和男朋友彻底分手了。”“我怎么不知道，晓丽姐你还有男朋友呢？”“嗯，是呀，那是我从东北来的时候，和他认识的，那时候他来店里买手机，说是我老乡，一聊还是一个县里的。”“那不是挺好吗？”“一开始是挺好的，他买了我的手机，然后要我号码，偶尔发个信息，时间长就一起吃饭，后来大家都觉得比较漂泊，又觉得对方不错就在一起了，他是在一个公司跑业务的。”“是呀，什么业务呀？”“做建筑上的墙壁开关的。一开始赚不到钱，都是花我的。”

“后来我实在没有办法了，家里爸爸的身体不好，花钱越来越多，他的一个朋友在歌舞厅做经理，说可以让我做兼职，他也同意了。”“那他知道那里的工作情况吗？”“他当然知道，他说反正就是陪人喝酒吃东西还给钱，一开始我也不知道，去了才知道，不过时间长了，也就无所谓了。”

“那你们怎么还分手了？”“这不是我干了一年了，他一没有钱就向我要，除了给家里的我都尽量满足他，他就整天在外边喝酒玩，有时候我回来都后半夜了，他还没有回来。”“是呀，那他干什么呢那么晚？”

“我开始也不知道，以为就是陪朋友喝酒玩呗，他就那德行。这不前两个月的时候我怀孕了，我说和他结婚，他就是不同意，也不说为什么，就说过两年，我也就认了。但是昨天晚上我回去，把门打开，怕惊醒他睡觉，就悄悄地进去了。你猜怎么着？”白晓丽的眼睛睛放了一下怒光，似乎要冒火苗一样。“怎么了？他正和一女的大摇大摆地做那事呢。”“啊？是呀，不会吧，那也太过份了？”“我气得上去就抽那女的一个大嘴巴。他，他那畜生，反过来就打我，一脚把我踹倒在地，还说我回来这么早干什么？我骂他不要脸，他却说我是婊子，说我在外边就是干那个事，气得我都说不出话来了。他边打我边骂，还说想结婚美得我，就是我给他多少钱，他也不会和我结婚，那女的就在边上看着。他打了一阵，拽上那骚货就走了，说以后和我没有关系了，不需要我了。”

“那他们也太过份了，你没有报警吗？”“我哪还有时间报警呀？等我反应过来的时候，我发现自己身下的裙子已经被血给染红了。一摸都是血，流产了，我急了，挣扎着扶着床站起来，没走几步觉得头晕，就又倒下了，然后我就打了 120，最后就晕了，我都不知道怎么到医院的。”“是呀，太危险了，晓丽姐。”小草也落下了眼泪。她觉得晓丽姐太可怜了，比她还可怜。

“不说了，今天真的谢谢你，今天你是回不去了，你就在这儿吧，明天从这儿上班也不远。”“嗯，我在这儿陪你。”白晓丽露出了感激的微笑，“小草，遇到你我真的太幸运了。我觉得我的生活太累了，真的。”“那你打算以后怎么办呀？”“我准备重新找个工作，不要在那做兼职了。不做了，现在家里花销，他们也能坚持一段时间，我准备换工作了。”“不会吧，你业绩那么好？”“我最近总是请假，我估计店里也不一定愿意叫我干了。都干这么长时间了，我也不想总是这样卖东西了，我想换个环境，前几天有个朋友叫我去做房产业务，待遇不错。要是那边好我把你也介绍过去。”“是呀，可是我什么也不会呀。”“慢慢学呗，你觉得在这店里一个月几千不错了吗？其实现在赚钱路子很多，你得想着干一些将来能自己创业的，不能总在这里干，听姐的。”

小草就随口哦了一下，她可是没有换工作的想法，至少现在没有。

这一夜，她们几乎没有睡觉，就是在小声地交谈，小草发现白晓丽其实没有那么简单，还挺有水平的。通过这段时间接触，两个人有好多在生活上的无奈和相同之处。所以两个人聊得很投机，把自己的心里话和理想都说了出来。白晓丽是个坦诚的人，只是生活对她有些残忍。但是她的抗压能力很强，理想也很远大，以后要自己干一番事业。

第二天，小草又来了一个新同事，和她站在了同一个柜台，估计就是来接替白晓丽的。

这时候小草感觉世间真是和白晓丽、晓萌姐她们说的那样，一直都在竞争，只要你不符合企业和社会的要求，你就会被无情地淘汰、抛弃。他们没有义务也没有时间去管你是否会生活得好，离开这里会怎么样，他们需要的是你在这里能给他们创造什么，他们就是这样来衡量每一个人的，包括晓萌姐也是这样被不断地衡量的，以此对她进行各种工作的调整，以发挥她的最大潜能创造剩余价值。

第十二章

时间如白驹过隙，稍纵即逝，十天过去了，小草还很庆幸，那个混蛋没有再来闹事，家里也没有打电话，估计这事情也就过去了。小曼却是每天都叽叽喳喳很快乐的样子。整天上班兴致勃勃，下班勃勃兴致，完全沉浸在热恋之中。小草也没闲着，下班一有时间就学习她那些课本。

“亲爱的，我说你整天学那些东西不累呀？”“啊？你说什么？”小草正写着东西，在卧室里也没有听清楚。小曼放下手中的刀子，咬了一口苹果，咔咔地嚼着，“我说你整天学那些没有用的东西，你不累呀？”“呵呵，怎么没有用了，不累呀。”“得了吧，那有什么用呀，你还回去种地呀？学什么不好，学那个，哎那个叫什么专业来着？”小曼一时想不起来了。“园林设计。”“哎呦我的妈呀，还园林设计呢，果园还用设计吗？”“不是，我这专业不是设计果园，是公园、城市、绿化设计。”小草解释道，还在埋头写着。“得了，你设计吧，我也不懂，我就设计我的吃苹果，哈哈哈。”“你就知道吃，不行你也学一个吧。”“哎哎，我可不受那罪啊，高中上学都快把我憋死了，我可不整那些玩意了，一看书都头疼。哈哈哈，我还是看我的平面电视比较省心，不费神，哈哈。”两个人都乐了。

“对了，小草你那白马王子向我要你电话了啊，那天他给咱们打电话说要聚聚呢。”小草心里怦然一跳。血液似乎马上循环快了很多，但她还是尽量保持冷静。“啊，你不激动？”“激动什么呀？”小草故作镇定地说。小曼吃着苹果：“不激动才怪呢，我还不了解你，估计今天你应该和高中学习时一样了，可以通宵了。”“我通宵？为什么呀？”“激动地睡不着觉，还不如通宵学习，学点东西呢。”“去你的吧。他说什么时候呀？”“看看看，呵呵，急了吧？不是和你说了吗？人家说有时间给咱们打电话，你是不是想现在就去找他呀。”小曼放下苹果故意跑过来拍拍小草的肩膀，“去，一边去啊，胡说什么呢，我可没有呀。”“没有你脸红什么呀，我的小草同志。”小曼说着话拿手端了小草的下巴颏，小草顿时有些脸红，“行了，你别老拿我开涮啊。”小草拿手上的笔向小曼比划一下，假装要向她脸上划去。“哎哎，你要是把我画了，我老公可不会饶了你的。”

小曼觉得没有什么意思，拍了小草一下。“你还是学习吧，我还是看我的电视剧吧。”“好，赶紧去，别打扰我啊。”小草看着书头也没有抬，冲小曼摆了摆手。小曼走到沙发边坐了下去，拿起一个苹果继续吃着。

嘟嘟嘟，手机响了，“哎，小草，你手机响了，没有听到呀？”小草哦了一声，手机果然响了，这么晚了，谁打电话呢？是不是家里又给她打电话了呢，拿过来一看，是个陌生号码。小草很生气，估计这些天大国已经出来了，应该是他打的，“怎么不接呀？”“陌生号码。”“啊？陌生号码？会不会是你的客户呀？”“不是，我从不给客户留电话。估计是那个人？”小曼弱不经心地咬了口苹果，按了一下遥控器换了一个台，“估计是那大国吧，他呀那可不能接。”“嗯，谁接那二流子电话呀。”小草想起那天的事情还心有余悸呢，幸亏那时候那么多人，要是自己一个人，还不知道怎么样呢。电话不响了，这下以为清净了呢，结果过了一会儿又响了起来，小草更确定是他了。只有他才会这样，没完没了的。“哎，亲爱的，你不想接就把电话挂了，反正这时候也没有人给你打电话了。”小草生气地用力按了一下关机键，这下手机终于清静了。

小曼的手机突然响了，小曼夸张地啊了一声，“小草，他不会也知道到我的手机号吧？”“不可能的，没有人告诉他的。”“你们家里不会告诉他？”“不会的，估计是你们家李鑫给你打的。”小曼似乎刚反应过来，“对对，一定是，一定是他想我了，呵呵。赶紧给本姑娘拿过来。”“自己拿，就在你前边插座上充电呢，懒得真是透顶了。”“你还秃顶了呢，本姑娘自己拿。”小曼快速地穿上脱鞋跑去拿手机。当拿到了手也没有接，却背着手拿着手机走进了屋里，“亲爱的，你觉得我接还是不接呀？”“爱接不接，管我什么事呀。”小草还是在那继续写着，也没有抬头。

小曼把手机不慌不忙地往小草眼前一送。然后阴阳怪气地说，“你觉得他的电话接还是不接呢？”小草一看，赫然写着“徐亚民”三个字，马上就精神了许多。刚要拿过来接呢，手机挂了。小草看了一眼小曼，“亚民的？”似乎有些幽怨地看着小曼，似乎怪她没有接错过了机会，而小曼却还在那儿微微神秘地笑着，依然不着急的样子。“你不是说爱接不接吗？那我就不接了。”说着拿着手机笑眯眯地回到客厅去了。这时候手机又响了，小草忙着也到了客厅，看到小曼懒洋洋地坐在沙发上，还是没有接电话的意思，心里有些着急。小曼哈哈哈笑了，接着就接起了电话。“喂，我说亚民同学，是不是急坏了，打了一遍又一遍的？

是不是想我了？”那边哈哈哈笑着，“是呀，想你了。”“呸呸，拉倒吧你啊，呵呵，你是想另外一位了吧？是不是刚才打了两个电话？”“是呀，怎么不接呀？”“人家不喜欢你呗。”“不会吧，呵呵。”小草在边上实在忍不住了，“胡说什么呢？别听小曼胡说啊，我刚才不知道是谁的电话。”那边哈哈笑了，“我知道就是。”

“好了，你们俩聊吧。不耽误你们的大好时光了。”小曼把手机向小草递过来了，小草听到小曼这么一说，脸一下子红了，但还是接了过来，“对了，亚民同志记得请我吃饭呀。”“好的，周末请你们，欧了。”

小曼继续着她的电视之旅。

“小草，你现在好吗？”“还行，你呢？”“我挺好的，我在林业大学呢。”“听说了。”小草小声地说着。亚民也停顿了一下，似乎有点儿不知道说什么了，“听说你也在林业大学学习夜大呢？”“是呀。”小草调整了一下心情，为了能活跃气氛声音高了一点儿，“你学的什么专业？”这时候亚民好像也适应过来了，”我学的是果树栽培和果蔬营养提取方向的。”“哦，那不错呀，以后可以搞研究的。”

“对了，小草，你不是考上湖南大学了吗？”“我没有去。”小草犹豫地说。“啊？怎么回事？为什么没有去呀？那可是211重点大学呀。好不容易考上的，咱们学校考上一本的才不到一百人呢，大家还羡慕你呢。”小草半天没有说话，眼泪却默默地流了下来。“喂，小草，你听到我说话没有？”这时候小草又平静了一下难过的心。小曼看到小草这样难过就给她递了一块餐巾纸，然后拍拍她的肩膀，意思是别难过了，都过去了啊。小草擦了一下眼角，然后说：“我们家里条件不允许，就是没有钱。”“就因为没有钱，你就把自己的大好前途这样错过去了，这种大学机会很难得的呀。那你当时怎么不和我说呢？我可以帮你的。”亚民家庭条件在县城是很不错的了，因为父母都是国家干部，所以他确实还是能够帮小草的，不是客气话。“不用了。”小草小声地说。

“好了，不说那些了，你什么时候请我和小曼吃饭呀？”“随时呀，不过你现在也挺好，每周末都可以来我们学校学习，不仅能学到东西。我们还可以经常见面啊。”小草也觉得有些兴奋。但是还是矜持地说，“嗯，是有时间可以见面一起学习什么的。”“对呀，你叫小曼也报一个吧，条条大路通罗马嘛。”小曼虽然看着电视，但是手机声音比较大还是听到了，“得了吧，我可不想学习了，再说也不能整天去碍你们的事呀。”小曼大声的说着，还笑着看着小草，小草红着脸说：“别胡说啊。”

“好了，那就先这样吧，不早了，咱们到时候见面再说吧。你和小曼早点休息吧，明天还上班呢。周末咱们一起吃

饭呀。”“好的，那我先挂了啊。”“等等我还有话呢！”小曼把手机抢了过去，“喂，我说徐同志，你说请吃饭不会就请我们吃炒米饭吧？”“啊？哈哈哈，我怎么能那么小气呢？”“那你请我们吃什么？”“当然要比那好了，最少也要盖饭吧？那样还能有点菜。”“去你的吧，那我可不去啊，你还是请小草一个人吧，哈哈。”“呵呵呵，你说吧，吃什么？”“真的大餐？”“当然了。”“那就请我吃涮羊肉吧，我可是肉食动物。”“欧了。”“好，一言为定？”“一言为定。”

没有问小草有没有话说，小曼这个快枪手就把电话挂了。挂了之后看小草在边上站着，才想起来，“哦，亲爱的，不好意思了，我给你挂了，你是不是还有好多话要说？”小曼看着小草的脸说。小草现在真是心情极爽，也就不那么矜持了，“是呀，有好多话要说，呵呵。”“那你还黑天白天说呀？”“又胡说，我打死你。”说着又要去打小曼，小曼闪在一边说，“行了，我今天肯定打不过你，每天我还能坚持一会儿，今天绝对坚持不了。”小草疑惑地说：“为什么呀？”“因为你今天比吃兴奋剂还兴奋呢。”“那也没有你和你们家李鑫兴奋呀，看那天兴奋得什么都不打扫，哈哈……”说着小曼又躲过小草的迷踪拳，两个人大笑起来。

小草自从和亚民见面之后，就经常在一起了，尤其是周末，因为小草要去上课，他们共同逛校园，共同在图书馆学习，就像又回到了中学时代那美好的岁月。慢慢地，小草也完全没有当时那种天壤之别的差别感了。

两个人几乎是天天通电话，历史的经验告诉人们，他们恋爱了。

这天周末亚民突然一早上就打电话问小草什么时候到学校，他有事情要和小草说。小草急忙抓紧时间，提前就赶到了学校。

到了学校，亚民早已在成人教育学院的教学楼下边等着了，小草穿着一件蓝色外套，一双白色靴子，一条牛仔裤，头发向后梳着，长长的头发露出两个白白的耳朵，带着一个很便宜的珍珠项链，一对粉色的耳坠一晃一晃的。经过在北京的保养，皮肤也变得雪白。她挎着一个淡绿色的挎包，长相漂亮，气质优雅，完全是一个典型的都市白领的风范。亚民今天早上似乎突然发现小草怎么这么漂亮。她见到小草竟然愣了一会儿。小草走到他面前，看着亚民的眼睛，问："哎看什么呢？我哪里有不对劲吗？"小草还以为自己衣服哪里不对劲呢。看看裤子又扭头看看后边。"哦，没有不对劲，那你看什么呢？""你真漂亮。"亚民抓着小草的手痴情地看着小草说，小草顿然觉得有些害羞了，低下头，"哪有？胡说什么呢。""真的，才发现你这么漂亮。"小草另一只手打了亚民一下，“讨厌，那以前觉得我不漂亮呀？”“不，不是，以前当然觉得漂亮，但是今天看你远处走来，我都有点儿不敢相信了，这么漂亮。”小草扭捏了一下，也没有说话，挽着亚民的胳膊。

第十三章

突然小草似乎想起来什么了，“那你叫我这么早来不是说有事情吗？就这事情吗？”“啊！我都忘了。是这样的小草，我正好有一个同学的姐姐是做园林设计绿化公司的，就是做城市道路、小区、公园等绿化的。他们公司现在要招人，并且希望找一个女的做业务部门的行政，我觉得你学这个专业，不如你去他们那儿干得了。小草，你做那工作就是卖东西，以后也没有什么发展。但是你到这公司就不一样了，他们公司都是做设计的，还有做技术的，一般都是大学毕业。”“啊，都是大学毕业？那我行吗？”“当然行了，你一开始去可以边做边学，与你专业对口，你还能慢慢地学一些比较关键的实践性的东西，对你以后发展很有用。他们那边做好了待遇很高，一开始是每个月三千工资，但是你要是干一段时间，考个资格证书，学到真正的东西之后，自己可以单独做项目了，你的工资加奖金会很高。怎么也比你卖手机有发展。”小草说：“我再想想，关键我怎么和晓萌姐说呀？并且人家能要我吗？”

“那还不简单，咱们先去他们公司面试一下，反正是我同学姐姐的公司，我同学一会儿来了带咱们去，应该没有问题。等他们同意录用你了，你再和小曼她姐姐说，我相信她会很高兴的，至少不会反对。”“啊，那要是她不愿意我干别的呢？”“不可能的小草，在北京这地方没有什么人在一个地方干特别长时间的，大家都是在不断地跳槽。寻找新的机会，她会理解的。她要是知道你在这样的公司干，估计会比较支持你呢，因为这好赖是个有技术和有些层次的工作。”

“好吧，那我今天上午还有一节课呢，十点十分下课。”“好的，那到时候我和我同学来接你，不行中午咱们去他姐姐公司一起吃个饭。把咱们的情况说说，你也去看看他们公司什么样，你说呢？”“好的。”“那就这样了，你赶紧去上课吧。我也回去等我那同学了。”“好的，那先这样，一会儿我们就在这儿见。”

下课后，小草一出楼门就看到亚民和一个长的比较瘦小，白白静静的，带个眼镜的那同学一起在那里等着呢。他们看小草出来了，向前走了几步，小草也忙着过去打招呼，“你们等急了吧？”“没事。”没有等亚民说话呢，那小伙子就回答了。“这个是我同学李立，这是我高中同学加女朋友小草。”亚民郑重其事地介绍着，小草有些不好意思，但是也没有反对，就微笑着冲李立说：“你好。”“你也好，你也好，久仰久仰，呵呵。亚民整天和我们说啊，今日一见果然不凡啊，哈哈。”他说着话拿手拍了亚民一下，“行呀你。真够快的，你是咱们宿舍第二个有女朋友的了，还是个美眉。”小草虽然显得很大方地笑着，但是还是显现出了不好意思的表情。“行了啊，别贫了。咱们走吧。”小草一看终于要结束这段对话了，忙说：“好，走吧。怎么去那？坐什么车。”那小伙子似乎还要和他们贫嘴呢，看到亚民转移了话题，就拿手指了一下亚民笑着说，“呵呵，转移话题是不是？看回宿舍我不给你曝光。”“你敢，小心我把你喝醉去女生宿舍撒酒疯的事情，透漏给你暗恋的对象，哈哈。”“下次不和你拼酒了，你小子太能喝了。”

三个人一路好不开心，小草一路上一直在听他们聊天，天南地北的，从 NBA 聊到奥运会，从红警游戏聊到星际大战，什么都有，小草觉得自己真是知识面太窄了，他们聊这些就像在数家常，而自己却一窍不通。用他们的话说简直是太 OUT 了，不过小草觉得他们聊天太有意思了，听他们聊天简直就是一种享受，和在单位完全不一样。根本不是一个

圈子的人。

小草本来一开始是带着有点给亚民面子的意思，先去看看，现在听他们聊天，她觉得那公司要都是他们这样毕业的大学生，档次还真不一样，应该能学到很多东西。

他们坐公交又换地铁，终于来到了李立姐姐的公司办公楼，这座办公楼位于东直门二号地铁边上，看上去有三四十层，属于这一地区的地标性建筑。银灰色的楼显得沉稳但不缺乏活力。楼门口是两个比较大的侧门，中间一个更大的转门。人来人往，匆匆人流，给人一种时尚的动感。进入楼的大厅，门的两边站着两个保安人员，他们不像自己店里那些保安，他们不穿保安的服装，穿的很像电视里英国皇家礼兵一样的套装，胸前还配着一些黄色的穗子。见到别人不方便的时候，他们会主动帮你去开门，然后给你一个请进的手势，服务态度特别好。正对着门口正面是一个大的接待前台，前台有两位穿着紫红色职业装的礼仪小姐，她们笔直站在那里，脸上一直保持着微笑。不时地会有一些人去那里咨询，自己想要去的公司在几层，她会问你事前是否约过。然后再告诉你怎么走，电梯在那里等相关事宜。这样的高档写字楼在北京也算是顶级的了。

小草心想，他姐姐在这里办公，那公司是什么样呢？他们进了大厅，李立引导着向左边拐过去，那边是南北相对着

共三对，六部电梯，似乎依然不够，有很多人在那里等着。但是大家都比较文明很有秩序，当电梯超载了，他们后上的会自动退出来。小草他们等了两趟才坐上。

亚民他们两个老爷们一路偶尔也会和小草说几句，防止小草觉得被冷落。然后还会继续着他们的谈话。李立说起游戏和球类来，就和专家一样，什么都知道，说出很多小草从没有听说过的球员的名字，甚至连他们哪场球进几个得几分，都知道。亚民也不是吃素的，他也一样什么都知道。

小草想，难道这就是现在的大学生吗？他们在学校都做什么呀？不仅学习还有这么广泛的爱好。简直是神了，小草似乎觉得自己在他们这跟前真是太孤陋寡闻了，人家业余的懂得都这么多，那要是他们学习的领域是什么样子呀？自己真的还是没有赶上时代潮流呀，自己还真的要多学习多看看外边的世界。外边的世界太大了，自己以前都是下班就窝在家里，要不然就是吃点麻辣烫什么的，这就算出去了，再远点就是到学校学习，到学校就是坐地铁、公交，挤来挤去根本没有时间也没有心情多看多想。

他们这一路的说笑终于要结束了。其实一路上李立对小草这事情就和没事一样，也就是亚民和他说了，小草能行吗这情况，能不能面试上？人家李立只说了一句，no problem，没有问题，这事交给我了啊。然后就接着说他那游戏通关的事情了。

电梯到了 12 层，李立做了个手势，哥们到了，然后也给小草做个手势。三个人一下电梯，随着李立向右手边的办公房间走去，一看上边也有前台，一个漂亮的小姑娘站在那里，双手还放在腹部，也是微笑着，看他们三个过来，他首先对李立说：“您找李总吧？”“是呀，我姐在吗？”“在呢，不过李总在面试呢。你们先到这边小会议室等一下。”说着还冲小草他们点头微笑一下，接着就走在前面带路去了，一个玻璃隔断的小会议室。然后那位小姐就去给三个人一人倒了一杯水，说你们稍等一会吧，还有五六个就面试完了。“哎，等一下，面试多少了？”李立说，“已经三十多人了，很快的，你们等一下吧。”“好的，多谢啊。”李立举了一下水杯子示意一下。

“等会儿吧，一会我姐他们就面试完了。”他冲着小草说了一句，亚民接过话来，“这么多人呀，这次招收几个人呀？”“我姐昨天好像说是要一个助理一个业务。”“那就来那么多人呀？”小草听他们这么一说顿时心里更加紧张了，本来还不是很紧张，因为有李立在，必定是他姐姐，并且一开始自己并没有特别想打算来这里工作。有这个想法是因为看到这高档的写字楼，还有这么豪华的办公室，说明这才是大都市里真正的白领所在。并且这里一定可以发挥更好，有更好的发展。但是这么多人应聘，并且听他们说的意思好像都是有比较好的教育背景。大部分是大专以上，最次也是有经验的中专生。“嗨，不用紧张，这事包我身上，没有问题的。”“是呀，那就看你的了啊。哈哈，回学校我安排你吃大餐啊。”亚民说道。小草还是有些紧张，“我可没有大学毕业证呀。”“那还不简单，你应聘业务呀，业务根本不需要很高的文凭，注重的是能力，你把你卖手机的业绩和我姐姐说说。亚民说你在那边每个月都是number one。”“这个词小草还是知道什么意思的。小草脸红了一下，“哪有呀。”“别谦虚啊，应聘可不能谦虚。哈哈。”

然后李立又扭过头去继续和亚民聊马刺夺冠什么的。

小草这时候得空看了外边那些工作人员，玻璃小会议室的外边是一个办公大厅，大约有二十几个工作位置，简称工位。每个工位都有玻璃隔断隔着，隔成了一个个半圆形的办公桌子。每个桌子上有一个电脑和一部电话，还有一个文具架子，每个文具夹子里有很多成本的资料放在里边，电话整齐划一地都放在左手边，电脑在半圆形的凹进去的部位，文件夹子在右手边的最靠角的位置。每个人似乎都在忙着，很少有像在卖手机的时候没有客户就说说话什么的，他们相互之间大都各忙各的。有的在用电脑查找什么，有的拿着电话

在沟通着什么，一会假装惊讶，一会假装微笑，说起话来看起来都很正经而温柔，脸上总是带着笑容，但是可以看出来似乎不是发自内心的笑容。

用电脑的人似乎更加忙碌，不停地敲击着键盘，敲击一段时间，就会拿笔在笔记本上写着什么。也有的人，突然拿起皮包，装上一些资料就匆匆离去。这时候小草发现，这么一会儿似乎已经有那么六七张桌子在空着了，他们每个人走的时候，似乎都要进入一个玻璃隔成的办公室和一个三十多岁的女士说上几句。然后看着那个女人微笑着说几句话，她点头之后，做出一个比较有力量的姿势，对方也会回以一个微笑和偶尔的一个同样的姿势，之后会带着气势匆匆离开。

小草觉得很有意思，和自己单位的晨会差不多，就是给大家鼓劲，给大家信心，争创业绩努力争取业绩第一。所以每天大家工作都很有激情。这个公司无论从环境还是从人员素质上，似乎和自己那些卖手机的姐妹有所区别。看在眼里显得深沉而不失礼节，充满斗志而不失平静，内心似乎都有很多东西。小草终于有一个词可以形容了，那就是“深藏心机”。

办公室的四个角放着四盆花，长的一米多高，粗粗的树干，繁茂的树叶，盘根错节，叶繁枝茂，每棵树上系着一个红绳，和晓萌姐姐家的一样。听晓萌姐姐说这种花叫作发财树，经常被用在家里和办公室。它有两个作用，一个是净化空气供人欣赏，一个是可以给主人带来财运。系着红绳应该是表示吉祥驱邪之意吧。小草想这么大的公司也迷信呀？

办公室的顶棚全是白炽灯，镶嵌在天花板里边，看起来既节约空间，又比较美观，用起来光很白又比较省电。这就是办公场所设计的高明之处。

小草是个细心又好奇，并且比较爱研究事情的人，她觉得从这里应该感觉到，这个公司的老板，也就是李立的姐姐，应该是一位非常精明能干，经验丰富的人。

李立和亚民一直在不停地聊那些不靠谱的游戏和球类的东西，从他们见面到现在，从来没有听到他们说一句和学习有关的事情，一直都是在聊这些，难道现在的大学生都是这样吗？小草看完办公室外边的结构布置和气氛，回过头来看到他们还在继续着自己的光辉事业，她不可理解地摇摇头笑了一下，他觉得亚民还是以前的亚民，但是学习方面再也不是高中时候的秉烛夜战的高中生了。她明白了人都是随着环境在不断变化的。

小草轻轻地抿了一口水，又突然回到了现实，要是面试不上怎么办，自己确实觉得这工作环境不错。她对来面试的人员确实觉得有些心里没底，因为看到外边的剩下的那两个

人是那样地成熟老练，沉稳大方，应该是在自己的领域都比较有经验的人了。

小草在不停地左思右想，而那两位似乎对她这事情没有感觉，似乎胜券在握了。

这时候最后一个来面试的被叫进去了，小草似乎有些紧张了。人就是这样，你对一件事情期待越多，越觉得时间难熬。当它突然到你面前的时候，你就会加倍珍惜，会更加紧张，恐怕失去这东西，或者因为得不到而心里很难受。

最后一个面试的进去了，小草的心跳加速，血压似乎要达到了极限，她不由自主深深地呼吸了一下。这时候那两位听到小草深呼吸的声音之后才反过身来，看着小草。亚民首先关心地问，“怎么了，小草是不是紧张呀？”小草又深深地吸了一口气，“是有点紧紧张。”“紧张什么呀，我跟你说啊，我姐那个人很好的，说话从来都是带着微笑，不像那些母老虎似的，所以你并用紧张。”李立同时手还一挥。小草稍稍有点放松，但是还是有些紧张。

那些人的面试终于结束了，大家就像参加高考一样，一个个胆战心惊的，似乎要是不成功他们就没有别的地方可去一样。有的出来感觉不错，乐呵呵的，有的出来感觉不好，垂头丧气的。小草感觉好像比她当时在电器店的面试要严格得多，好像这些人也比较珍惜这份工作，所以对面试的结果也比较在意。三十多个人就为了两个职位，这比高考的录取率还要低呢。

刚才的前台小姐过来了，轻轻地敲了两下门，然后没等他们回话，就微笑着说：“李总叫你们去他办公室呢。”然后轻轻地一只手扶着门，等待他们几个出去。其实小草刚才就看到她过来了，因为他们的会议接待室是玻璃透明的，能看到外边的一切。但是由于小草有点紧张，没有首先站起来说话。“好了，走，亚民、小草。”李立满不在乎地起身，亚民笑呵呵地随后，小草在最后，也显得落落大方。直到小草走出屋门了，那位小姐才放开扶着的门，向小草微笑一下，显得得体大方，小草也向他报以微笑。

前台小姐，忙赶过去几步，走在李立的前头去，引领着他们，到了最里边的一个写着“总经理办公室”的门口，那位小姐又用同样的手法轻轻地敲了两下门，“嗯，进来吧。”小姐开开门第一句就说：“李总他们来了。”“哦，来坐下吧。”李立一屁股坐在沙发上，亚民和小草也坐在了沙发上，这个沙发是橘黄色的，边上放着一个玻璃的大茶几，上边放着一个很小的紫砂茶壶，茶壶边上放着几个小的紫砂杯子。小草在小曼姐姐家看到过，这是来客人时品茶用的，沙发对面是一个大约长两米椭圆形的橘黄色的高档办公桌子，桌上的左边放着两部电话，中间偏右放着一台电脑，电脑的屏幕很大，

比平时他们用的电脑要大一圈，但是放在那个办公桌上显得很小一点都不占地方。右后方是一个小的文件台，上边有很多平放的文件，估计是李总平时写东西用的。李总的身后，是一套橘黄色的实木组合书柜，上边放着满满当当的各种资料，书柜右边是宽大的玻璃窗，在这高楼上可以一眼望出去很远，有点傲视天下的感觉。书桌左边的墙壁上是一副字画，上边写着“天道酬勤”四个大字，苍劲有力，下边还有盖章和落款，似乎还有点名家的风范。桌子的后边坐着一位身材瘦小穿着一身淡黄色套裙职业装的中年女人，说是中年是因为李立说她姐姐已经三十多了，其实看上去，她皮肤白皙，手指纤细，大大的眼睛，头发长长地披散在肩后，一点都不显得凌乱。她脖子上戴着一款白色的珍珠项链，显得皮肤更加白嫩水滑，双手十指交叉地端坐着，神态轻盈，显得非常亲和而不失高贵，严肃而不失随和，看上去也就是二十五六岁的样子。但是看她的神态这样沉稳，感觉心理年龄应该比实际年龄还要大很多。正当小草环视房间时，小姐端来了茶，其实也不是什么茶就是一杯白开水，在一些正规的场合，因为不知道对方喜欢喝什么，大部分为了方便就给客人倒一杯白开水，这样永远不会显得失态。

小姐给三位倒好茶之后，出门时轻轻地关上了门，这时候李总才似乎回到正事上来。“你们三个从学校来的？路上

车多吗？”小草这时候觉得好像没有刚才那么紧张了，很随意而礼貌地回答，“不是很多，今天周末。”李总微笑着说：“你们两个是不是又睡了懒觉呀？”接着又对着亚民说，亚民似乎和她并不陌生，“我们今天起得很早。”聊了一会，气氛就很融洽了。小草也感觉不到紧张了，李总才步入正题，“小立你还没有介绍你这位朋友呢。”“呵呵，是呀，忘了。”李立不好意思地挠了一下脑袋，然后比较郑重地说，“她叫小草，是亚民的高中同学。”“哦，呵呵，我知道了，小草，你现在在哪儿干呢？”“我在国贸那边电器城干呢，我就是卖手机。”“哦，卖手机呀，那不错，现在手机更新挺快的啊。”“是呀，可快了，一个月能出好几款新手机，比如上个月就出新产品了。”小草好像是给客户介绍产品一样，如数家珍。李总比较正式，亚民微笑着似乎还有点骄傲，李立呢，比较惊讶夸张看着她，她这时候才觉得可能失态了，本来还想往下边说呢。她似乎忘了在什么地方了，以为在自己店里呢。这时候她看到他们的表情，尤其是李立，她觉得有点不好意思了，感觉自己话多了，忙住了嘴，脸上犯了点红。“哎姐姐，小草可以吧？我给你介绍的人可以吧？”“我跟你说啊，我觉得对于新手机已经没有比我知道得更多的了，每天我都在网上看新出的产品，但是我还是没有她知道得多呀。”然后伸出大拇指冲着小草说。李总也微笑着说：“嗯，

是呀，小草对你们产品这么了解，不简单。”小草似乎有些更不好意思了。“哪有呀，我们就是做这个工作的。大家都知道这些的，呵呵。”“是呀，哎小草，你每个月卖的一定不少吧？那边卖得怎么样？”“还不错，每个月能卖出去二三十部手机。”小草一提到这些就有底气。“那真不少，姐和你说啊，人家小草同学可是长期业绩在他们店里不是第一就是第二。”“哦，是呀？”李总似乎很感兴趣，看着小草希望得到小草的回答。小草点了下头，然后还补充一句，“那是从我第二个月开始的，刚来的时候也不行。”“那已经不错了。”李总似乎比较认真地说。

“那你怎么想到来这里了？不在那儿干了？”小草似乎不知道怎么回答了，就照实说了，是亚民和李立他们刚说的，自己考虑他们说的比较有道理，还和自己学的对口，所以想来试一试。“那你来了之后想干什么呀？你的文字功底怎么样？”亚民这时候发挥了，没有等小草回答，亚民就说：“文字没有问题，作文还在我们市里获得过一等奖呢，学习好着呢。”“哦，那怎么没有再补习一年考大学呀？”李总看着小草说，感觉比较关心小草的样子，小草说：“没去。”李总似乎有些迷茫：“什么叫没有去呀？”亚民看出了她的心思，“她其实考上了湖南大学，没有去上学。”“啊？那怎么没有去呀？那学校不是很好吗？多可惜呀？”小草低声地说：“家里负担重。”亚民也跟着点了下头。就这样你一言我一语地大约聊了一个多小时。

“走吧，你们还没吃饭吧？我下午还有事情，咱们就到边上简单地吃点饭啊。”小草心想是不是李总没有想要自己啊？这不也没有面试吗？才聊了一会儿天就走了。小草感觉有些失落。他们吃饭期间又聊了很多。包括他们姐弟俩，还有他们学校的情况，也有小草的一些私人和工作的事情。

三个人走的时候，小草一直没有说什么话，因为她感觉李总也没有面试她，可能压根就没有想要她来。“怎么了小草，闷闷不乐的？”亚民似乎看出了小草的不快，这时候李立也看过来了，要不说南方人聪明，“哎小草，是不是面试的事情呀？”小草点了下头，说：“可能你姐姐觉得我不合适也就没有面试。”亚民转过头来看着李立，似乎是在询问，李立却神秘地说：“我不是说了吗，这事情包在我身上了吗，你回去等电话吧。”“可是你姐姐也没有面试呀？”“怎么没有面试？”李立笑着说，“她已经把你问得底朝天了，你不知道吗？”小草似乎感觉有那么点，但是她到手机店的时候也没有这样面试过呀。“你再想想。”亚民这时候说：“有点儿像，你姐姐可真够厉害的啊，只用聊天就能把你的话全套出来，不愧是老总啊，哈哈。”“你这话说的，好像我姐姐跟老油条似的，呵呵。”“真的啊，还真厉害。”亚民接着说。小草似乎也觉得有点道理，但是她还是有点觉得不像在面试。不管了，反正已经这样了，大不了不去呗，在这边也挺好的。不过想想还是李总这边显得很高档，突然想起来了她还问过自己，希望以后一个月能赚多少钱呀，小草说有两千就不错了，再仔细回想一下，他姐姐问的是很多，几乎都问遍了，但是自己却没有觉得。如果真是面试这种方法真好，一点压力都没有。

一下午小草虽然和他们说说笑笑的，但是心里还是放不下今天面试的事情，总觉得自己没有那些人有文凭。觉得自己在他们跟前就像一个村姑，比较土气，也比较幼稚，看不出自己的优势。她担心今天的面试过不去，又希望能够通过这一关，给自己一个新的机会。她也觉得买手机不是自己未来的发展方向。她的理想是在这大都市里创造自己的一番事业，打下一片属于自己的天地。

第十四章

今天小草下午比较早就回去了，因为亚民和李立晚上有一个联欢晚会的活动要参加。今天没有想到小曼回来得比她还早，看到小草回来了，她没有特别的兴奋，今天好像情绪比较低落，脸色有些苍白，横躺在沙发上。她身边放着一杯热水，也没有她往日喜欢喝的饮料。眼睛微闭着，听到小草开门然后走到她跟前，她也没有抬头，也没有睁开眼睛，只是说了一句：“今天怎么这么早呀？没有和亚民他们吃饭呀？”“没有呀，他们今天晚上有活动。”小草把包放到了屋里，觉得小曼有点不对劲，她坐在了小曼身边，摸了一下小曼的头，“小曼怎么了？你是不是病了？”“没有，就是身体不舒服。”“那还不是病了吗？哪儿不舒服呀？咱们去医院看看去吧？”“不用，刚从医院回来。”“哦，怎了，医生怎么说的？”“没有什么，医生说养几天就好了。”小曼依然是闭着眼睛，艰难地说着。小草觉得很不对劲，昨天还是很高兴的样子今天怎么一下就成这样了？小曼瘫软在沙发上似乎有气无力的，小草有些担心：“那你买的药呢？”“没事的，不用吃药，养两天就好了。”小草觉得小曼有什么事情瞒着自己。

“小曼你到底怎么了？你不说我会着急的，看你这样子脸色煞白煞白的，哪像没有事的人，哪有你说的那么轻松呀？是不是和李鑫吵架了？”“没有，真的没有事。”小曼好像有些不耐烦了。但是，越是这样小草就越是不放心，小草又摸了一下小曼的额头，重新确认一下。她倒是有没有病，但是感觉也没有那么热，不像是发烧了，那到底怎么了呢？是不是该告诉小曼的姐姐呀？小草想着也说：“要不然叫姐姐过来看看你到底怎么了？你这样我都不知道怎么办了。”哪知道，小草这么一说，小曼突然睁开眼睛，急切地说：“别，别和姐姐说啊！”“可是你又不告诉我，又不叫我和姐姐说，我真的不知道怎么办了，万一你有什么事情怎么办呀，我都快急死了。”小草脑袋都急出汗了，小曼和小草是多年的闺蜜，可以说是无话不谈，小曼今天突然这样，小草有点莫名其妙，措手不及，所以她也慌了神了。小曼说：“那也别和姐姐说啊，我真的没有事，你一会儿给我做点好吃的就行了。”

小草当然放心不下了，继续问小曼，在小草的再三追问下，小曼说了实话。“我真的没有事，养几天就好了，我已经和经理请假了。小草你真的不用着急。”“那你也要告诉我怎么回事我才能放心呀。”小曼吞吞吐吐的地说：“我今天去打胎了。”啊？小草脑袋猛地要爆炸了一样，半天没有说出话来，她不敢相信自己的耳朵。她一时都没有反应过来，啊的一声就定在哪儿了，倒是把小曼吓了一跳，忙说：“小草，小草，你干什么呢？”虽然表现出难受的样子，但是还是把小草给叫过来了。小草看着小曼惊讶、恐慌、心疼、惋惜，然后泪水就流了下来。“小曼你怎么会……怎么会怀孕呢？”小曼又闭上了眼睛，泪水也从眼角流了出来。小草强忍着，说：“其实我一开始知道你们一起同居我就觉得那样不合适，后来已经那样了，可是现在你竟然还怀孕了，并且打掉了，那样对你身体很不好你不知道吗？”小草真的心疼小曼，发自内心地心疼。“我们也不知道怎么回事呀，就怀上了。”小曼无奈地说。

“那李鑫呢？也不来看看你吗？”“他不知道。”“你怎么没有告诉他呀？”“我不想叫他担心我。”“哎，真是的。痴情的女子永远有你流不完的泪呀，我去给你买只鸡炖上啊，你在这儿好好躺着。”“哦，那管用吗？”“管用，我妈妈

说这是最补身体的，还有小米粥，对这些是最补身体了。尤其是对月子里的人。”

小草说着就去换鞋，准备下去买鸡，“哎，小草你可别告诉我姐姐啊，要是他知道了那还了得。”小草叹了口气，“唉，好的，放心吧，我知道了。”说着便无奈地下楼了。

这几天小草只顾着照顾小曼了，每天下班就赶紧跑回来做饭，怕小曼自己做饭累坏了身子。由于整天忙着上班和下班做饭这些事情，也就忘了应聘面试的事情了，这天下午还没有下班她突然接到了一个电话，足足响了有十几秒也没有接，她现在一看到陌生电话，就有些害怕，总是害怕大国打的。她似乎对那电话已经从过敏到恐惧了。

但是小草最终还是鼓起勇气接了：“你好，请问是齐卷柏小姐吗？”“你好我是呀，您是哪位？”小草一听到是个女的，也就放心不少，声音也动听了很多，“你好，我是阑珊园林公司，我代表我们公司通知你，你通过了我们公司的面试，请问你下周一能来公司上班吗？”小草一听真是激动加兴奋，似乎没有考虑就直接说：“能能，没有问题。”“那好。”对方还没有等小草缓过神来，就接着机械地说，“你来的时候要带上身份证、简历、学历证等等。”说了好几样，小草虽然激动但还是谨慎地记录了下来。当对方挂下电话的时候，小草把拳头一握做了一个用力的手势，说了声 yeah，小草自从那天去了公司看到了公司的工作气氛和豪华专业的办公室，以及那些正在工作的人员的精神状态，她觉得这是一个更大的平台，对她以后在北京发展会更有利。但她怎么也想不通，李总面试怎么这么有特点呀？根本没有想到那就是面试，只是聊聊天吃吃饭，但是她回想起来，也觉得李总真不简单呀。自己觉得好像又有点感觉了，李总好像一直在问自己的工作情况、生活情况以及自身的能力，等等。很多似乎都已经问过了，和自己当时去电器城面试的时候问的问题，只能多而不少，只是在不同的场合和不同的环境下进行的，这样叫你根本感觉不出压力和紧张，并且还能表达得充分和具体，也带有人情味。

小草认为这就是艺术，是工作的艺术，也是生活的艺术。

小草一路上不停地设想着自己不可预知的未来。有些兴奋，有些不安，兴奋是因为自己竟然通过面试了，那么多的大学生，我竟然也能超过他们，看来自己还是很有能力的嘛，自己也可以在这个更加高一级的职场发挥自己的才能了。不安是到现在心里也没有底，不知道自己能不能胜任那份工作，但从那单位的规模，人员素质上，自己就感觉很有压力。

不想那么多了，既然面试过了，说明自己是被认为能够胜任工作的。其实生活就像上学，有时候你努力了就会到高一层的地方去生活去施展才华，当你退步了也就等于留级了，

还需要重复以前的工作和生活，甚至还不如以前。小草觉得自己这样想是很有哲理的。

现在马上要做的就是赶紧回去给小曼做饭，并且把这个事情告诉小曼，本来那天准备当晚就和小曼聊聊那天在公司的见闻，但是回去看到小曼成了那样，也就把这话憋了回去。

小草推开门的时候小曼正在看电视呢，还是和以前没事的时候一样嗑着瓜子，年轻人体质好，恢复得也快，这才几天呀，小曼已经完全恢复了，根本看不出她经受了那大大的痛苦，脸色气色都很正常了。

看到小草回来了，先打招呼，“今天好像比每天早回来了半小时呀，是不是今天车比较畅快？”“嗯，今天是比较顺。”小草往沙发上一坐，“饿了吗？饿了我就去做饭。”“还不饿，看会儿电视吧，吃早了，晚上又饿了还得做。”小曼继续嗑着瓜子，盘腿在沙发上一坐，小草也就在她身边坐下，拿起瓜子。“小曼。”小草忧郁地叫了一声，虽然她觉得这是一个好事情，自己也很想去，但是因为现在的工作是小曼姐姐，晓萌给介绍的，有点儿不好意思说出口，怕他们不高兴。小草其实是一个心思比较重也比较细腻的人。“嗯，啥事亲爱的？”小曼歪过头看着小草，“怎么了？是不是和亚民吵架了？怎么这么犹豫的神态呀？”小草像是鼓起勇气一样，“小曼我想换工作。”“啊？是不是有人在那欺负你？看你今天这样子。”“不是，我是自己想换了，今天亚民的同学领着我们去他姐姐公司了，是做园林设计的和我现在学的专业比较对口。”“哦，那不错呀？那你怎么还这么犹豫，是不是他们觉得你不合适呀？”不是呀，就是因为面试过了。”“哦，那不是挺好吗？恭喜你了啊。”小曼抓了一下小草的胳膊，“哎哎待遇怎么样？”“底薪两千多，还有奖金。”“啊，那挺好呀，我也去得了。”小曼笑着拍了一下小草的胳膊。“你还拿我开玩笑呢。”“没有开玩笑呀，我说的是真的，要是可以的话我也去试试，现在还招人吗？”小曼兴奋地说着，还不停地嗑瓜子，腿还盘到了沙发上，似乎早就忘了自己的身体了，又回到了往日的活泼风采。

小草刚才还犹豫呢，是不是小曼一听会感觉要离开她姐姐给介绍的公司不高兴呀，但是看她这样似乎没有这种想法呀，那晓萌姐姐会不会不高兴呀，心里想着，嘴里也就问上了小曼，“小曼，你说我要是突然去别的公司了，姐姐会不会不高兴呀？”“啊？不高兴？”小曼觉得有些惊讶？似乎不可想象的感觉。然后才反应过来，“小草你是反应过度了，不会的。在北京人员流动大着呢，那又不是她的公司，那个店也不是她管，人往高处走水往低处流，她怎么会不愿意呢？只要你找的地方好，她高兴还来不及呢。”

她用手拍了一下小草，“放心吧，亲爱的，她知道了，保证高兴。还祝贺你呢。卖手机也没有什么大发展，你没看，我都没有去吗？”“嗯，是呀，那就好。”小草这下放心不少，“我还真担心姐姐把我安排到这里，我走了她会不高兴呢。”“哈哈，傻瓜什么年代了，哪还有那些事情。”

“那公司大吗？”“挺大的。”小草把她看到的又给小曼介绍了一遍。小曼也觉得不错，估计公司挺盈利的。“我也不知道呀，看那样想是不错。”“那就去吧。机会难得。公司不错还和你的专业对口多好呀，一举两得。”“那我和晓萌姐姐说说。嗯，和她说一下，看看辞职手续怎么办。”

小草和晓萌姐说了，果然晓萌姐姐很支持他，并且还表扬她呢，能干，在哪都会干得很好，到那边会更有发展，一点都没有不愿意的意思，看来小草是自己心思太重了。办了辞职手续，辞别了张经理，当然张经理是不愿意他走的，因为她的业绩在他们那里现在是第一，关系到张经理整个店的业绩，也关系到她将来的升迁和奖金提成呢。张经理给小草讲了一大堆关于小草在这儿可以不走和将来发展的理由，但是小草已经决定了，所以不管他怎么苦口婆心地说，小草也没有动摇，张经理看是没有办法了也就帮助办了手续。临走也不忘了告诉小草多往这里带客户，这必定是你的娘家。小草欣然答应了，也就快乐地离开了公司。

小草离开公司后，给白晓丽打了电话，告诉她自己辞职去新公司的事情，白晓丽也是很高兴，并且说自己现在是做房地产的，可以帮助她找一些园林绿化方面的工程活。小草虽然还不是很懂这方面，也不知道她去了之后是做什么，但是白晓丽好像很懂，给她介绍了一大堆，小草也了解了一些，觉得白晓丽还真厉害呀，懂得这么多。白晓丽还说这是皮毛而已，以后就知道了，这个电话在兴奋中打了一个小时。白晓丽怕小草花钱还给她打过来，否则小草可真舍不得这几十块钱呀。

办理完这些事情，小草回到家里了，才想起来应该告诉亚民一声，自己竟然忘了。

周末这两天，小草觉得过得漫长而又充满期待，上课的时候也似乎听得更认真了，总想从里边找到一些自己学的和将要去工作的单位相关的知识，所以听得非常认真，脑子里不断地搜寻着相关的问题和知识点。这两天下来，感觉比那几个月学得还多呢。加上亚民这两天全程陪护，小草感觉非常充实和幸福。

第十五章

周一小草终于正式上班了，她的主要工作是暂时负责文案，也就是整理一些投标的标书，搜集一些业务资料。就是这些简单的东西，她也需要边工作边培训，专门有一个业务主管带着她。这个主管叫陈思敏，是个真正的白领阶层，长得高高瘦瘦的，皮肤比较黑，但是整得很漂亮，皮肤很有光泽。他是华北大学毕业的高材生，已经在这工作三年多了，素质比较高，业务也很精湛，见人总是面带微笑。据说她和客户谈判成功率那叫一个高呀，所以很得李总器重，一般业务和办公室的事情都是她做主的。

陈对小草是非常认真负责，几乎是手把手的教她。一个月过去了，小草已经把业务部的办公文案掌握得很好了，陈总夸奖她聪明。

这天陈准备出差去河北廊坊燕郊去参加一个小区绿化投标。有一个顺义公园的项目，同时也需要去人，陈总把小草叫到办公桌前，交代了一些业务的相关事宜。本来应该我去顺义公园的，但是燕郊这边比较关键，“我觉得你去顺义试一试，反正顺义这边咱们机会不大，因为他们本地有几家相关公司几乎是垄断了顺义公共设施的绿化项目了，你就当锻炼吧。”小草明白陈的意思，不过他自己却把这次机会看得很重要，因为这是她上班以来第一次出去做业务，要尽最大努力把这件事情做得好一些，她就带着公司资料直奔顺义公园。去顺义要坐哪趟车，陈都耐心给她说得很明白，她觉得自己命真好，总是遇到好领导。915 是东直门直达顺义公园的公交车，她在车上一个多小时，脑子一直在思索，又紧张又激动。她没有像以前一样路过一个地方就喜欢看一路的风景。

顺义公园坐落在顺义的中心偏向南部，下车时已经中午 11 点了，小草怕去晚了他们会下班，赶紧跑步跑向公园管委会的办公室，结果管委会说应该找公园的整体承包公司。这个公司还不在公园这边，在顺义石床环岛那边的大龙建工大厦。于是小草又跑出去，找公交车，同时给陈打电话，说明情况，因为她心里比较着急，并且还是第一次，很多东西都不懂。

陈说：“是的，应该是被本地的公司承包了，那你就去那个公司看看吧。可以打车去，车费报销的。”小草也觉得晚了来不及了，就打车直接到了大龙建工。

打听到了负责人的办公室和姓名，到了办公室门口，门没有关，办公室有一个满脸油光光胖乎乎的中年男子，正站起身来准备要走呢。小草轻轻地敲门，“你好，请问是王总吗？”“嗯，是呀，下班了，有事下午来。”王总几乎头都没有抬，就严肃地回答了一句。小草看到这种情况，心里更加紧张了，被人家轻蔑的感觉真是不好受。她低了一下头，然后又抬起头鼓起勇气说：“王总我可以进来吗？”王总好像有点不耐烦，“没看到下班了吗？”这时候才抬头看了一眼小草，可能看到小草满脸是汗，气喘吁吁地也有些于心不忍，然后重新又坐下了。“进来吧，什么事？”口气有点缓和了，小草快步赶到他办公桌前。

“你好王总，我是环卫科创环保公司的，听说咱们这边顺义公园要做绿环工程，想麻烦您看看我们资料。”说话的时候他语速很快，并且也不是很有逻辑，但是王总不知怎么突然有些笑意，“你是刚做这个业务吧？”小草听他这么一问，然后再一看他表情，感觉不那么紧张了，然后说：“是的，公司第一次叫我来做业务，所以……”脸上还有点红晕，因为害羞。

没等小草说完，王总说：“你先放在这吧，我回头看一下，需要的时候通知你。”小草刚要说什么，王总接着说：“我现在有事。”小草也不好再说什么，心里觉得肯定是没戏了，这就是搪塞一下而已吧，刚要出去。王总顺手翻了一下宣传册，“等一下，你们公司自己在顺义这有苗圃？你们不是包上工程，然后再去其他公司买绿化植被吗？”小草没加思索赶紧回过神来回答，“是的我们的苗圃就在你们顺义马坡这边？”“马坡？离这挺近的，看来你们公司实力还可以啊，不是二道贩子啊。”“是的，王总。”小草放松了很多，也露出了微笑。“这样吧，你现在多放几本资料在这，到我们这来的公司很多，我们回头看一下，最终要开会研究一下。”

“好的王总，还需要别的什么吗？”“需要我再通知你。”“那谢谢您了王总。”王总微笑着说：“没事。”他摊开大手，走过来和她握了一下手，手是那样地温暖和有力，给人一种安全的感觉。王总握着那细嫩的小手，很礼貌地做了一个请的姿势，“我现在要去和老总吃饭开会，等我电话吧小姑娘。”小草露出了漂亮的微笑，带着充满自信的眼神，看着王总：“说，谢谢您，再见。”她慢慢地退出了办公室，王总还把她送到办公室门口，向他她摆了摆手。

小草心里是复杂的，仔细回想这王总的每句话和每个表情，不知道是不是很有希望，但是他又没有明确说可以，本来要走了，又把人叫回去，难道是……小草突然想起来了，他看到了我们有自己的苗圃，也就是说他不希望只做工程，而植被还要去别的公司买。对，这就是我们的优势，我们应该充分发挥优势。回去一定要把这事和陈主管说，还是看看陈主管怎么分析吧，毕竟她有经验。

小草又回忆起王总那温暖宽厚的手和沧桑深沉的眼神。那是一个成功男人特有的自信和魅力，使人感到安全、温暖、敬畏。

怎么想这些呢，小草不好意思地嘲笑了一下自己。

小草内心并不是喜欢这个一面之交的男人，她是对这种成功人士的向往，她希望自己变成这样的人。

在李总公司这个平台上，她经常在公司里看到一些前来谈业务的人士，她感觉越是事业大的人越是成熟，有一种特殊的成熟魅力。她希望自己能成为像李总那样的女强人，只是苦于自己没有那种本事，但是她不是只想而不做的人。他是一个自尊心和自信心都很强的人，只是没有经受过磨练，也表现不出来而已。她的心里似乎又点燃起了奋斗的热情，她觉得自己一定要成为这个社会上的佼佼者，而她自己也知道，要想成就自己的理想，必须脚踏实地，一步步地把自己的事业基础打好。

这一路上小草就在自我的规划和设计中度过了，她并没有回公司，因为比较晚了，就直接回家了。

小草第二天汇报了第一次业务出差的结果。陈主管给她详细分析了之后，她便开始按照要求认真准备了。一直等王总的电话，但是一周过去了，也没有消息。小草有些急了，问陈主管是不是该给他们打个电话，陈说，你需要一周左右回访一下。小草几乎每周都要和王总沟通，并且联系越来越多，但是王总那边还没有最后定下来什么时候出结果，因为他们还在土方阶段，估计要半年以后才能开始上绿化项目。

电话铃响了，一看手机是白晓丽，“白姐，你怎么想起给我电话了？都几个月没有消息了。”“是呀，看看你这小妞子现在怎么样了？”“我挺好的啊，每天正常上下班。”小草在沙发上一坐，看着电脑里边的 CAD 图纸。“姐姐你们现在怎么样了。”两个人聊了很多家长里短。“对了，小草你们不是做绿化吗？”“是呀，怎么姐姐，你有业务介绍给我呀？”小草调皮地说。“行呀，小妮子一年不见，进步很快呀，现在职业敏感性很强呀，我们公司开发的一个小区确实需要绿化的植被。”“真的？”“都需要什么？需要多少？”“小妮子，一说这个你就像吃了兴奋剂似的，兴奋了是不是？你们明天来我们公司细谈吧，电话里也说不清楚呀。拿上你们公司的资料，你自己要是谈不了，就再带个专业人士。”“放心吧姐姐，我已经谈成好几单了，现在都专门做业务了，没有问题，什么都能搞定。”“小妮子可别吹呀，明天我倒看看你的水平怎样啊？”“好，你就看好吧姐姐，包你满意。”“你以为介绍对象呢，包我满意？产品实打实的，那可要给我们老头子看的啊，他定下来才可以。”小草听着白晓丽姐姐的话好像有点不理解，一时没有反应过来。“老头子？”她纳闷地问了一句。“就是我们老总，因为这是整个大社区，项目比较大，必须最后他拍板。”小草感觉白姐应该是和他所说的老头子不一般，小草经过这两年在外边的经验感觉出来了。随口就说：“有姐姐呢，看他敢不听你的。”“小妞子，你可别胡说啊，小心我撕烂你嘴。”两个人说笑了一阵之后挂断了电话。

小曼最近又开始夜不归宿了，小草知道她肯定和李鑫一起呢。不过小曼过得好就可以了，反正人家李鑫还是名牌大学的高材生，如果小曼他们真成了，小曼也算是高攀了呢。没有什么不好，这时候他又想起亚民了，有两周不见他了，上周末也没有陪自己去上课，也怨自己，前几天亚民打了几次电话，由于自己忙所以就没有说什么话，就挂了。这时候小草准备拿起电话打给亚民，但觉得应该先给家里打个电话。

第十六章

“爸，你最近怎样？身体好吗？妈妈身体好吗？”小草问了一连串，她现在由于事情比较忙，所以语速很快，传来了爸爸苍老的声音，“都好着呢，放心吧。”听着话筒边上，妈妈的声音也很苍老：“小草，自己在外边多注意身体，别叫坏人欺负了，待着你的得了，我还不知道说，就你这糟老头子装明白。”他的爸爸妈妈，永远都是这样吵吵闹闹，这可能就是正常的生活吧。小草听到他们这样的吵闹反而觉得心里踏实、放心。小草笑了：“你们两个一接电话就是吵，不嫌烦呀。”“哼，都一辈子了，改不了了，你妈就那样唠叨。”“弟弟现在学习好吗？给你们汇过的钱收到了吗？”“收到了收到了。”妈妈在边上又抢着说：“对了草呀，大国那混小子问你在哪儿上班，住在哪儿啊，那混小子都来咱们家好几次了，就是要找你地址，我们都没有告诉他。这个无赖，阴魂不散的。”小草本来心情挺好的，一提起他，小草就有一种无名的烈火，同时也担心她父母，因为大国这个人喝多了什么事都干得出。小草正想着，那边老齐说没事就挂了啊，电话费挺贵的。

“我还没有说呢。”小草妈妈抢过电话，又和小草聊了一会。

亚民怎么这么长时间不和我联系呢？怎么回事呀？电话通了，那边首先传来亚民熟悉的声音：“小草，今天不忙了？”“我什么时候忙了？不想我就不想我呗，还说我忙，借口。哼！”小草也就是能和亚民偶尔撒下娇，“呵呵，好好，是我不对，你今天自己在家呢？”“是呀。”“最近在公司上班累吗？是不是想我了？”“废话，能不累吗？我想你干什么也呀？讨厌。对了，你上周末干什么呢？是不是和女同学约会去了？”“我还和女同学约会呀。有你就够了，我哪敢呀。”“谅你也不敢。”“你上网吗？咱们视频聊会儿天啊。”亚民提出来，“不叫你看我，讨厌，一点都不想我，对了，你是不是经常和别人视频聊天？”“冤枉啊，我从来不和别的女的视频。”“那你怎么能有视频呢？嗯？”“笔记本上带的。”“哦，那也不叫你看我。”“叫我看看嘛，想你了。”“你还没有说你上周干什么了呢。”“又查岗呀？”

亚民笑着说：“上周我们系举行蓝球比赛，我是队长。”“哦，那你不来也不和我请个假？胆子越来越大了啊。”“我觉得你整天忙，打电话要和你说了，你说忙，然后就挂了。”“那你不会再打吗？”“怕打扰你工作。”亚民还有些无奈的语气。小草知道其实是自己最近忽略了亚民，由于最近主要做业务了，所以很忙，有几个大单子需要自己盯着。但是还是要和亚民胡搅蛮缠一会儿。亚民是她在这个世界上唯一可以随意撒娇，不讲理的地方。

小草这一夜是在兴奋和满足中度过的，现在小草到这公司一年以来，对业务已经很熟悉了，并且无论在自己的文案助理还是主做业务之后，工作表现都很好，她每天都很充实。周一至周五努力工作，周末去学校上课，经常还有亚民陪着。工资和奖金平均每个月也能达到 4000 ~ 5000 元，甚至更多，每个月都要给家里邮寄 1500，剩下的除了简单的生活用品几乎都存起来，她不希望自己是一个月光族，她不和别人攀比买化妆品和名牌衣服，高级首饰。她的身材穿什么都觉得很漂亮，皮肤也变白嫩了，又多了几分光泽和弹性。这一夜她想了又想，照了又照，设想着美好的未来，憧憬着高档次的生活。她似乎是带着笑意睡着的。

天终于亮了，她似乎还不想起床，但是一想起白晓丽要给她介绍业务，她就精神百倍。她迅速起床，还特意地打扮一番，虽然简朴但也很利索，这也是对客户的尊重。

虽然她已经习惯了，做业务十次能够成一次都算是很成功了，但是她一直抱着锯响就有沫的思想，勤能补拙，有心的人成功几率就会高的。她不管是通过网络还是自己利用大黄页打电话，或是别人介绍信息，只要知道有项目，她就会仔细准备，并且去努力去争取。所以半年来她虽然没有什么大单子，但是小单子倒是成了几个，这个业绩对一个新人来说已经很不错了。

白晓丽现在的工作地点是建外soho，这也是一组高档写字楼。他们单位的办公室足有几千平米，是一个大型的民营建筑公司。这在市里还是很大的。小草一进白晓丽办公室，眼前一亮，22层一百多平米的单独办公室，装修考究，正面一幅名人字画，古装古色的椭圆形紫色老板台，还镶嵌有金边，足有一米宽两米多长，高高的黑色皮质老板椅，后面是明亮的窗户，一眼就可以看到后面不远处的通惠河。小草被白晓丽热情地牵着手拽到黑色的真皮沙发上，一台黄色实木茶具，长得和树根一样。整个屋里还飘散着香水的味道，小草虽然不知道是什么香水，但是清新淡雅、醒脑提神很好闻，绝对是高级香水。

白晓丽见到小草没有马上谈业务的事情，而是两个人唠起了家常：“小草你变得越来越漂亮了啊，看你这小脸嫩得和一泡水似的，掐一下都怕破了。”白晓丽还故意去她脸上捏了一下。小草现在也习惯了，不像以前那么害羞了，“姐姐，那我也没有你漂亮呀，你看看你现在多有气质，典型的职业女性，女强人。”“什么女强人呀，你可别笑话姐姐了，也就是凑活混吧。”“姐你这办公室真大，真漂亮，姐你真有能耐。比以前的办公地点大事情也多了。”“才搬过来三个月，这不是老头子最近赚到钱了，也不那么抠了，才又在这边租了三千多平米的办公室。”“啊？那租金得很多钱吧？”“一平米一天五块，那一天就一万五呀，你们公司可够有实力的。”“还行吧，你们公司怎么样？”“我们公司也是今年业绩不错呀，估计老板也赚大了。哎，那都是老板的事情呀，老板都抠，也不会给咱们多发点。”“姐姐你已经不错了，给你这么大办公室，你的公司给你也少不了呀。”“我呀？一年主管公关，整天和各种老板客户打交道，身体都喝坏了，老头子当然应该给我多发点了！”东一句西一句地也没有个主题，熟人之间做业务就是这样，聊得很愉快。直到吃中午饭了，白晓丽才说：“咱们先吃饭，一会吃晚饭，我领你去公司现场，正好老头子在那儿呢，当场和他介绍一下你们公司情况。”“姐，直接就和老板说呀？”“啊！是呀，当然了。”白晓丽现在特像职业女性说话也很干脆，她感觉小草好像担心什么。“放心吧妹子，只要你们公司有这个实力，这个活

就不会是别人的。”“真的？”“真的！”带上门两个人直接出去了。小草看到他那么有信心，自己也就不那么心里打鼓了。

工地是北京边上最著名的睡城——燕郊，据说这里边本地人只有三十万，而外地人却有五十多万，繁华程度一点不比北京差，是全国著名的百家小城镇。外地人不能在北京买房子，到这里置业安家是最佳选择。最近几年这边的房价也是一路飙升。开发的楼盘也就非常多，开发面积也都很大，社区很现代也很成熟。

从建外到这里也就是 40 分钟的路程，一路高速，因为是中午，所以比较顺畅，要是早晚高峰时候因为上下班人多车多就堵车很厉害。白晓丽开的是一辆奥迪 A6，开车动作挥洒流畅，打扮精干时尚，小草很是羡慕。

她们进入的一个是一个叫做欧洲风情的小区，这个小区正在盖的高楼就有十几栋，据白晓丽介绍，这个楼盘将盖 36 栋高楼，还有周边的几十家店铺、大型连锁超市和一条商业街，将容纳 5 万人入住和消费。它是燕郊比较大的楼盘之一，而这座楼盘的路面硬化和绿化都是白晓丽公司总承包。

小草跟着白晓丽进入一个钢结构的三层楼，第二层有一个经理办公室，白晓丽没有敲门就直接进去了，小草正要站着等她，她直接抓着小草就进去了。白晓丽现在走路风风火火，长发飘逸，很有气势。

刚进去，小草就看到一个50多岁的较瘦但很精神的老头坐在办公桌后，看到白晓丽来了，那老头就站起来说：“丽丽来了？”白晓丽直接走到他身边，拿起桌子上的杯子就喝水，喝了一口水之后，说：“对了，这是小草，我的好妹妹，这是孙总。”小草看到老头伸出手，忙过去轻握了一下手，“孙总好。”孙总微笑着点下头说：“快坐快坐。”然后去倒了一杯水给小草。而此时白晓丽却在屋里到处看了一遍，然后回到沙发上坐在小草的侧面。孙总把水放下也坐在小草的对面。

“我昨天听丽丽说了，你们公司实力挺大的，做绿化方面比较专业。”小草把全部资料给了孙总一份。孙总认真地看看一会儿，说：“你们自己有基地，有设计，有施工？都是自己的？上边的那些案例也都是你们做的？你们公司做这些项目的过程简单介绍一下可以吗？”小草都一一回答了。孙总还是比较满意的，孙总犹豫一下，“不过我们这边可是要招标的。”白晓丽在边上插话说：“我说行了啊，只要他们能做就赶紧给他们公司做了得了，还招什么标呀？项目做好不就行了？”孙总也不着急只是轻轻地拍了白晓丽手一下，“丽丽这个工程大，必须要招标，这是程序。不过只要他们公司符合要求，他们优先。”他看到白晓丽有点不高兴了，忙着说：“丽丽呀，这样好不好，这个事呢，我就交给你做，好不好，你说了算，但是前提是必须他们有这个实力要走程序，好不好？”这时候白晓丽才高兴了，突然抱了孙总肩膀一下，“这才像话吗。好！那就这么定了。不过你放心，他们公司肯定没有问题。”

孙总好像还是不放心，接着说：“这样吧，咱们一共分三期，一期的马上就开始了，你们第一批好好做，做好了之后，以后以你们公司为主。”他暧昧地看了一眼白晓丽，接着说：“要是做得不符合要求，丽丽那可不行啊。”丽丽说：“你怎么这么啰嗦呀，放心吧，我的老孙总。”小草一时几乎不知道说什么好了，感觉这么大业务项目来得太顺利、太突然了。当她反应过来时候，赶紧说：“谢谢孙总信任。”

告别孙总之后，她们两个来到了一期的工地。第一期工地有 6 栋高楼，白晓丽虽然知道老孙比较宠着她，她是被孙总包养着的。但是她也不是什么都不懂，她聪明伶俐，经过长时间的锻炼她对这些项目运作和具体操作还是都比较内行的。她在办公室虽然表现得撒娇耍横，但是关键时候是不会马虎的，估计孙总也是知道她有能力，所以才交给她做的。一路上她和小草说得很专业，问得很详细，并且还要去小草的公司和苗圃以及施工现场去考察。

当天下午就直接去了他们顺义的苗圃。这一天的事情，到了晚上小草才和陈主管说了，陈一开始有点不敢相信，她说这个建筑公司她已经公关很长时间了，这公司那是油盐不进，到现在都没有见到有用的人，怎么小草第一次去就办成这样了？小草就把所有经过讲了一遍，陈也高兴得手舞足蹈，做了一个胜利的手势。小草从没见到陈这种表现，她一直认为陈这个人很沉稳，很有心计，原来她也有天真活泼可爱的一面呀。陈马上汇报给了李总，李总立刻要求陈通知小草等相关人员明天赶紧回公司开会，并且专门抽调人员帮助小草做标书，准备相关设计资料。

陈和小草亲自去找了白晓丽，她们觉得这次如果做好了，以后她们公司的业务将大量增加。因为这个公司在北京业内私人企业里论信誉和工程量都是比较靠前的，关键是出了名地结款痛快。

陈这两天和小草按照要求带着白晓丽考察了公司的基地和项目，充分准备了资料。白晓丽其实还是比较专业，也一丝不苟的。她还给他们公司提了很多关于这个项目的投标建议。

经过白晓丽的帮忙和全部公司的共同努力，这个项目中标成功。所有设计图纸和方案，以及各公司实力得到了孙总的认可。这个工程整整做了三个多月，结工程款的时候，他们除了扣了 5% 的正常尾款，其他的全部结清。这三个月小草也经常来公司，和白晓丽走得更近了，小草也变得成熟了。

白晓丽和孙总的特殊关系，使得他们的合作非常顺利，第二期也准备交给他们做。

第十七章

小草工作确实是太忙了，她经常想着下班给亚民打电话，但是总觉得每天有做不完的事情。晚上回去要经常工作到夜里 12 点以后。亚民由于怕打扰她工作也就很少给她打电话。只有周六日上课时才能和亚民见面。晚上 12 点小草给亚民打了个电话。亚民还没有睡觉，正在上网。亚民最近没打电话经常很晚了还在上网。小草放下电话不免有点疑惑，是不是他在网恋呀？于是又打过去问了一遍，确定不是的时候，她才放心了。她现在变得也有些强势，可能是因为对自己能力和事业的自信，从而使她对自己更加自信带有一些霸气，人也变得越来越靠近女汉子了。对亚民也多少有些强势了，也有了自己的主意。她有时候自己也觉得可笑，因为一年前自己还担心配不上亚民呢，感觉亚民必定是高材生。现在却觉得亚民和自己还有点差距呢，她觉得她自己应该多指导亚民，为他以后在社会上立足打好基础。

小草可谓是顺风顺水呀，但是最叫她后怕的还是那次去谈的一个比较小的项目，但当时对她来说很重要，算是大项目了。一个老旧小区的改造工程，他们已经有了物业公司，需要增加和更换绿化植被，增加绿化面积。

小草从网上查到了这个小区需要改造绿地，增加灌木和绿地，小草第一天约好第二天就去了。结果去了之后，有一个叫董吉福的物业经理，当时董经理很爽快就答应，几乎没有考虑，弄得小草很纳闷。但是他有个一要求就是方案要按照他的设计，要把价格按照他的加上去，给出发票，款回头小草公司要给返回来。这种事情在做工程里边倒是很正常，当小草答应之后。他又约小草一起吃晚饭，小草觉得这个项目这么痛快坦诚，也就同意了。吃饭时他还叫了几个同事，小草就把陈约过去了，因为这样谈起事情来比较方便。

酒过三巡，董总酒喝得有些多了，不时地趁机有意无意地抚摸小草的手，偶尔还把脸和小草贴得很紧，陈觉得他越来越过分，就准备宣布晚宴结束。他给小草使了个眼色。当小草从厕所出来，然后准备去结账的时候，董总突然在厕所门口抱住了小草，凑过醉醺醺的嘴就往小草的脸上亲，边亲边说我喜欢你，你今晚陪我，以后我们的活都是你们公司的。

小草吓了一跳，随即装作镇静礼貌地说，董总你喝多了，用手从侧面拖住他的头，避免它靠近自己。可是他越抱越紧，小草顿时心里慌得不行，就尖叫起来，这时陈主管听到了赶紧过去把董总用力拉开，可是董总还是笑呵呵地继续想侵犯小草。旁边的几个人还帮腔，“你就从了董总吧，哈哈哈，他亏不了你，哈哈哈哈。”小草气得几乎要哭出来了。

陈主管很生气但却很客气地说：“这生意我们不做了，你们自重吧。”这时候，他们竟然还是笑个不停，说你们不识抬举，不懂社会规则……自从这次以后小草再也不和那些类似的人一起吃饭，她一见到就觉得恶心。

小草想起自从到北京以来，自己确实不容易，学会了喝酒，学会了应酬，学会了孤独……有过快乐，也有过泪水，她现在似乎体会到了晓萌姐姐那些话的深意了。

好一段时间了，小草觉得她妈妈爸爸不再提大国了，她忍不住问了一下。老齐唉声叹气地说：“孩子呀，我真是瞎了眼了，大国真不是个好东西呀，这不一直没和你说呢，没有脸和你说呀！我老头子觉得对不起你。”“怎么了爸？”“大国那混蛋上次从外边打工回来，在镇里那个红青春饭店和几个小流氓喝酒，听说准备喝完酒来咱们家闹事啊？”“什么？他要来咱们家闹事？你们没事吧？”小草立马有些心急，头一下冒出冷汗了。

“没事，你听我说呀！”“啊啊！好好你说。”“他喝完酒之后就喊着要来咱们家，还在大街上叫你名字。说是他老婆，谁敢娶你，他就和谁玩命，你说这王八羔子的，我当时听说了真是气死我了。”“那后来呢？”小草接着问。“后来呀，他不是在街上喊嘛，见到一个女娃子，他们几个就去调戏人家，哎，真是丢人丢到家了。”小草插话道：“这混蛋，该死的玩意，早就看他不是好东西。那到底怎么了？出什么事了？”“后来他们又招惹人家这个女娃，人家这孩子她爹就和他们打起来了，他们几个把人家鼻梁骨给打坏了，听说还给人家捅了一刀子。”“这个畜生，真是天杀的畜生，”小草骂道：“怎么不把他给捅了呢。”

老齐说：“后来被抓起来了，他们家托了不少人也不行，判了 4 年。”“怎么不枪毙他呢，王八蛋！也好，这下咱们还清净了呢。”小草说。

“现在是清净了，那等他出来，你说他那样的混蛋咋办呀？到时候还不找你闹事呀。都怨我呀，闺女呀。”老齐唉声叹气，悔恨不已，接着说：“都怨你老叔和梅婶，说的天花乱坠，谁知道他是这样的东西呀。”小草也没有说话，她还在想，出来之后这样人怎么办呢？不过也许那时候会改造好了，反正这也有理由和他退婚了。以后没有关系了，也就无所谓了。没有什么可怕的，小草给自己壮着胆子。

小草妈妈接过电话也是唉声叹气说了一大堆，主要是担心大国出来之后再找小草麻烦。

小草早上刚到办公楼下还没有到办公室呢，就接到了王总的电话。王总通知小草他们公司中标了，明天带上专业技术人员和相关负责人，到他们顺义公园现场进行现场办公，根据小草他们设计的图纸以及现场情况，商讨施工问题。小草顿时高兴得感觉天上掉馅饼一样。这个大项目终于成功了，放下电话，赶紧三步并作两步跑到办公室，直接冲进陈主管的办公室把这个好消息告诉她。陈主管汇报给李总，因为这个项目比较大，所以需要李总协调各部门准备明天现场施工的所有人员和相关事宜。

第十八章

又是一个震惊整个公司的大事情，每次出现大项目，需要李总亲自带头做准备工作。李总通知设计部门，施工项目部门，以及业务部门相关人员开了一个全方位的会议。因为这次业务主要是小草接下来的，所以小草第一次参加只有各个部门领导才能参加的会议，她在会议上，把这个项目通过PPT整体详细介绍一下，各部门碰完之后就各自准备了。

小草这一天是忙得不亦乐乎呀，中午饭都没有吃，但是也不觉得累，陈主管和她一起把所有东西准备好，还重新检查了一遍，她们知道这个工程做好了，以后顺义的这个市场也就打开了。王总的公司是当地的地头蛇，说是地头蛇但并不是黑社会，该给钱给钱，就是当地的大型项目基本就那几个当地公司承接，现在小草跑的白晓丽和王总这两个比较大

的活，这两个都是比较正规，有实力的公司。

小草带着李总、陈主管亲自和王总见面，王总把相关要求和暂时需要改变的地方都提出来了，说得很详细，并且有详细的资料，包括预算，专业公司做事都很标准。小草经过这半年多和王总的接触，以及经过这件事情，小草和王总越来越熟悉，王总也很喜欢她，把她当作小妹妹一样看待，所以小草就经常以哥哥相称。

由于松树的数目和松树的树龄大小不够，小草很忧愁，公司也为此四处找路子呢。王总突然给小草打了个电话，并出了个主意说："妹子呀，你们苗圃的松树不够，你这样，你老家不是河北隆化的吗？""是呀，王哥，那怎么着呀？""你们那边有专门做这些大型树木和大数量生意的人，我可以帮你联系一下，以前他们都给我送过树。""啊？哥，那太好了。我下午去找你。"小草等不及了，中午就去了王总办公室，现在太熟悉了，她要请王总吃饭，她喜欢和王总在一起，王总毕业于南京大学建筑工程专业，今年才三十五岁。文质彬彬，素质很高，一幅宽框眼镜显得很有魅力。小草觉得他特有男人味，还有素质。小草清纯可爱，王总成熟稳重，小草还真拿他和亚民比过，但是自己又一笑了之，因为人家王总是有家室的人，自己想什么呢，能当哥哥就很好了。

经过这些大小工程的锻炼，而且年底的提成和分红也是非常可观的。小草在这公司经过三年的锻炼已经成为主管了，并且也积攒了很多人脉。有提供树苗的下层渠道，还有王总和白晓丽等一些上层关系。由于她比较踏实肯干，也得到了公司和客户的一致肯定。

三年过去了，白晓丽竟然给孙总生了一个儿子，据说孙总为此特意给白晓丽买了一座三环内的一百多平米的房子，虽然没有正式结婚，但是也和结婚没有什么区别。白晓丽经常邀请小草去她家里，小草觉得虽然孙总年纪比较大，但是对白晓丽确实很好，并且孙总也和老婆早就离婚了，也不算是第三者。看到白晓丽满足的样子，小草也很高兴，也祝福她。

小曼这天哭哭啼啼地给小草打电话说：“小草我不想活了。”小草吓了一跳。小曼说：“李鑫不在北京了，他离开北京回江苏老家的一个银行去上班了。”小草和她边聊边打车，往三里屯那边赶去。当她赶到三里屯的时候，小曼正一个人在马路边的马路牙子上蹲着，抱着头哭呢。见到小草的时候，小曼奋力抱着小草痛哭不已。声音凄凉，撕心裂肺。

小草搀着她回家，她还不回去，就是要喝酒，经过一番安慰，小曼终于冷静下来了。她们到了家，小曼把李鑫他们的所有经过全部哭诉了一遍。他们确实是相爱的，但是现实是他们有文化差距，李鑫家人听说他的对象做业务还没有上过大学，都坚决不同意，加上他在北京不好找工作，他父母都是银行的，要求他回老家银行上班，且在一年前就给他介绍了一个一起长大的青梅竹马的女孩，也在今年毕业之后回老家银行上班了。他们一直有联系，只是小曼不知道。

小草听到这里是又恨又气呀，真想把李鑫那个骗子抓过来，把脸给他撕烂了都不解气。小曼为此付出了三年的青春年华，还为了他流产两次，小曼由一个十八九岁的小姑娘，现在已变成一个二十多岁的少妇了。每天上班赚钱两个人花，现在小曼干了三年多几乎没有存款。小草越想越来气，就要打电话给李鑫问问他，良心是不是被狗吃了，这个人情淡薄的负心汉。但是还不能当着小曼面，那样她会更加伤心的。两个人聊了好久才睡觉，小曼似乎好多了，她要比小草想象得坚强。

小草看着黑暗中的天花板，眼睛很模糊，看不到任何东西，她只能听到黑夜中的小区内不时传来的汽车轰鸣声，她思索着自己的未来，当然其中包括和亚民的未来。他们会不会和小曼一样的结局呢？她本来因为这几年工作做得很好，也马上拿到了大学文凭，早就不担心了，但是经过小曼这事，她似乎隐约有些担心了。必定亚民是科班出身，将来去哪儿工作也不一定，而她小草呢？离开了北京这个最熟悉的地方就是老家了，新的地方还要重新去适应，也不现实呀。亚民是留在北京，还是回老家？她也在设想着自己的未来，在设想犹豫中睡去。

小草的事业日渐发达，李总对她非常满意，三年下来给公司创造了很多业绩，客户维护得也非常好，公司规模不断扩大。小草也得到了晋升，陈主管当了副总主管业务，小草则当了业务部门的经理，手下有十几个业务人员，小草现在是全才，由于好学，她从谈判到图纸设计到施工几乎都比较精通，已经成为一位名副其实的女汉子了。同时小草自己也积攒了一些钱。亚民为了和小草在一起，在北京到处投简历，因为他学的农林专业用的单位很少，没有办法亚民的父母也开始干预他了，以前不知道小草和亚民交往，后来知道了。而亚民不小心把小草的家庭和经历都和父母说了，父母听了坚决不同意他们两个相处，说如果他和这样的没上过大学，还是订过婚又退过婚的女孩子交往，就和他断绝关系。况且亚民父母也是县城的正式机关工作人员，丢不起这个人。

亚民当然是不会听父母的，为此和父母经常吵架，但在父母的干涉和亚民一直签不到工作单位的情况下，他只好回老家考本县城的公务员，考的是林业局，顺利地通过了考试。通知下来那天，他和小草高兴地都喝多了，毕竟公务员在地方还是很好的工作，而小草也觉得两个人离的距离不远，可经常会见面。因为他们公司和隆化的一些苗圃公司现在有很多业务往来，现在都是小草负责，由于经常回去，这样也不耽误她和亚民的生活。

这一天他们喝了很多酒，经过几年锻炼，小草从从一个滴酒不沾的女孩到现在已经是个女中豪杰了，喝起酒来也是很敢下口的。“亚民你会爱我一辈子吗？”“会的，我这辈子非你不娶。”“我非你不嫁，来干杯。”两个人拥抱着喝酒，小草并不知道亚民家里对他们的态度，亚民一直也没有和她说，怕伤了她心。

两个人喝得迷迷糊糊，他们从来没有喝过这么多，喝得浑身发热，再加上屋里的暖气很热，他们烈火上身，浑身燥热，此时都是青春年华，生理和心理都极度渴望。激吻，紧紧相拥一起，亚民喘着粗气，一双大手在小草的后背到胸前不停得乱摸，小草被他胡乱抚摸得浑身就像要烧着了一样，干咽着亚民舌尖传入的唾液，她也不由自主地把自己的手深入了亚民的背心里，用力抓弄得亚民那强有力而光滑的后背，模糊的吟语着……这一夜小草结束了她人生的一个阶段，从一个少女变成了一个事实上的少妇，早上清醒的时候，她既害怕又兴奋，她回想着那针刺的痛感，也有酥痒的痛感，这正感受到了苦尽甘来的感觉。她爱亚民愿意为亚民付出一切，她觉得亚民从此就属于她了。看着亚民那熟睡的像孩子一样的棱角分明的脸庞、俊朗健康的身躯。她伸出手轻轻地抚摸着亚民的脸，像母亲对孩子的爱护，又像妻子对爱人的爱抚……

他们不知道小曼什么时候回来的，小草起床正准备去做早饭时候，小曼突然神秘地站到她面前，吓了她一跳。她神秘地微笑着说："小草以后是女人了！祝贺你啊，嘿嘿。"小草有些不好意思，用力捏了小曼一下，"胡说什么呀。"小曼神秘的表情，使小草更加尴尬。"呵呵，小草你还不好意思呢？脸都红了，要怕羞昨天就应该小点声，呵呵呵。"小曼轻轻地在小草脸上摸了一下，带有挑逗的意思。小草又拧了小曼胳膊一下，"去，一边去"，然后两个人又大闹了一阵。

"好了，我要做饭去了。""哈哈哈，现在就变成贤妻了啊，可以啊。""昨天喝多了，没有吃主食，放心吧，我都给你做好早饭了，有粥有蛋有奶，我得给你们补补呀，谁叫咱们是好姐妹呢，亲爱的。"小草拧着小曼的胳膊，表情很阴拉着长音说："那我就谢谢你了。"两个人说着悄悄话，不时打闹着……

时间就像白驹过隙一样，又到了春季，小曼已经从感情的伤害中跳了出来，重新找一个男朋友，而这个男朋友就是她和小草的高中同班同学，这个同学人比较老实，农村出来的，在上学时就对小曼有爱慕之心，但由于自己是农村的条件不好，也只能暗恋。即使当时他表白了，小曼也不会搭理他的，小曼根本就看不上他这种土包子。

这次他们的结合不一样，是小曼主动向王军表达的。当时小曼失恋了，整天郁闷，经常下班在网上玩游戏转移自己的感情伤痛，同时经常和同学聊天。正在北京打工的王军也经常上网，因为同学关系偶尔和小曼聊几句，时间长了，聊得就多了。后来两个单身男女经常聊，聊得时间长了，越来越熟悉，无话不说。当王军知道小曼失恋了，了解她恋爱的过程之后，他不但没有看不起小曼，还每天安慰小曼。一来二去两个人就经常见面，一起吃饭，看电影，便产生了感情，小曼越来越觉得王军才是能给她安全感的人呢，她现在再也不相信一见钟情了。于是小曼就主动提出了做王军的女朋友了，王军当然是求之不得，据说当时王军都有点傻了，感觉太不可思议了。

这次小曼、王军和小草他们一起住进了这座房子，朝夕相处。他们小两口，虽然赚得不多，都是在公司打工，但是确实能感觉两个人是从心里恩爱，过日子。对此，晓萌姐和王军的家里都是知道并且赞同的。

小草和亚民只能偶尔见面，有时她回老家办事或者亚民假期出差来北京，但是即使这样小草也是满足的。不过在她一个人在夜里面对孤寂的夜空的时候，越来越感受到晓萌姐姐对北京城市生活态度的真实性了。

第十九章

北京依然正常运转，日复一日，不会因为某个人的心情而改变。大家都在做自己的事情，只是各自的生活不一样。

小草最近由于王总那边一个新项目卧龙公园的绿化项目刚开始，王总对小草确实比较关照，经常给她介绍一些其他项目，他们走得越来越近了。

有一次小草正好到王总办公室，竟然听王总朋友在和王总开玩笑，说“你的小情人要来了，是不是”等等一些不入耳的玩笑话。小草虽然生气但也没有在乎，因为这在生意场上经常有人开玩笑，以打发无聊的时间。反正身正不怕影子斜，现在社会就这样浮躁，她和王总确实关系不错，平时都是以兄妹相称，其他的事情是没有。小草觉得王总还是一个正人君子，他从没有打过小草的注意。

今天是卧龙公园合同的签字仪式，一早李总和陈副总以及小草就带着另外两个相关人员出发了，上午签合同的仪式很顺利。

中午一起吃饭，王总依然是那样风度翩翩，一直称呼小草妹妹。大家对小草也是另眼相看的。庆功时候气氛融合，大家经过上次那个长时间的大项目都已经成了好朋友了，说话办事也都很随意了。李总提议小草你应该敬王总一杯，王总对你和咱们公司可以说是相当照顾呀！我们必须要真诚感谢。这话确实不错，一个是他们公司实力还可以，另外一个确实是王总对他们很照顾，他也很喜欢小草，当然不是爱情的喜欢。于是小草拿起酒杯走到王总身边说："哥，我敬你一杯，啥都不说了，都在酒里了。"王总接过话就说："小草是我妹子，不照顾她照顾谁呀。"说着拉了小草手一下，怕她喝多了，"少喝点妹子"。这时突然从门外冲进一个中年妇女，烫着长发，身材比较高，戴个眼镜，皮肤白皙，长相微胖，上来就拿起酒杯向小草的头砸去。小草没有来得及躲开，就被砸中了，顿时头破血流。此时大家都没有反应过来呢，就听那女的说："你这个骚狐狸精，还想玩第三者？"隔着门口的人还不停地冲着小草这边使劲，要去抓小草的头发，这时候大家都站起来了。王总这时候马上回身抓住那个女的，说："你疯了，你干什么呢？"那女的是又哭又骂，小草顿时都有些懵了，随即也捂着头哭了，也要和那女的打架，这时陈副总见状马上抓住小草。边上王总带的两个人也抓住了那个女子，然后说：“嫂子，你误会了。”“误会？这个骚狐狸，我早就听说，有个不要脸的，整天勾引老王，还以为什么样呢，就你那样也配，还想当小三。”正说着呢，王总上前给她一个嘴巴，“你胡说什么？这是谈生意呢，你胡闹什么。”接着还要打他，“我他妈跟你拼了。”那女子玩命似的。但还是被王总那两个工作人员拽出去了，酒店一帮客人走出包房看着这边。王总气得把眼镜摘了又戴上，戴上又摘了，陈副总扶着小草，小草在一边捂着头哭，王总过来和李总说：“对不起，今天先这样吧，实在不好意思。”李总带着无奈的表情沉静地说：“好的，估计是夫人误会了，你回去好好解释一下吧。”“赶紧带小草去医院看看，这是怎么说的。”王总说：“她就那样，神经过敏甭理她。”他走到小草身边说：“小草对不起你呀，你嫂子就是那样的混蛋，看到我和女的在一起她都怀疑。”小草虽然委屈，但是也点了下头说：“没事。”

今天的一顿饭是以签了合同高兴开局，以一场闹剧结束的。小草一路心想：这知道实际情况的人都知道是误会，可是不知道的怎么办呀。他们公司其实也有人说她业务这么好，肯定在某些方面有问题。没有出这问题之前，她也就无所谓，心中无鬼，也就不怕鬼敲门。可是今天这事情要是传到公司，大家肯定会怀疑她真的有这回事了。

小草越想越害怕，直到回家，她直接进了卧室，晚饭小曼叫她几次她都没有吃，她说不饿，中午喝得有点多，小曼也就没有多想。她没有告诉小曼，她不能和她说，她要把这事埋藏一辈子，虽然不是真的自己做了别人的小三，但是多一事不如少一事。晚上接到了王总的电话，少不了一顿安慰和道歉，她知道这不是王总的错，是嫂子误会了。陈总和李总怕她心里过不去也分别打电话安慰她。

但是小草想的却不是这个，她现在有些想家了，想自己的父母，想弟弟，想亚民。

她想回老家，可是回去干什么呢？她越来越觉得北京不是她的理想之地，虽然她工作很努力也很顺利，但是一点安全感都没有。她需要亲情，友情，爱情。她更需要在累的时候有个肩膀能够叫她依靠……

第二十章

第二天小草向李总提出了辞职，一开始李总有些吃惊，觉得没有那么严重，也就不同意，给小草翻来覆去解释，“不要把昨天的事往心里去，你是咱们公司的骨干，大家对你都很尊重和看重。这种事情别人也经历过。”小草把自己的想法说了一下，她不只是为了自己，因为还有自己年迈的父母，她的父亲还在医院，她本来要请假回去照看着。因为签这次合同没有回去，所以签完这合同之后就准备请假回家了。

李总看她去意已决，突然想起一件事情，她说：“小草，我们正好要去你们那边投资开发一个苗圃，咱们现有的苗圃不够了，树种也不齐全，你们那边气候和地方比较适合种松树等。北京周边要进行沙漠治理也需要大量的树苗，这绝对

是个机会。你这样，你不要辞职，你回去就主要做这个工作，咱们建立一个苗圃基地，你负责管理这边的业务。我除了发给你工资，回头咱们按股份年终分红。这样你也是老板了，怎么样？”

小草一听，心里当然高兴了，她求之不得呢。她虽然担心自己做不了，但回过头一想，公司顺义那边的苗圃也没有太难做，况且在家里还有亚民帮助自己，他还是林业局工作人员，也会给她带来方便，现在她自己也正愁辞职后没有合适的工作干呢。她当时兴奋地答应了。白晓丽曾经就和她说过这个想法，小草可以回老家收购树苗，然后转手卖给绿化公司，白晓丽说这样的中间费用也是很赚钱的。但是小草一方面当时不想回去，另一方面是不好意思出来单干，因为李总对自己很好，做这工作也很顺利。

小草当天并没有走，而是和李总把这事情研究了一天，陈副总也跟着一起研究做计划。说干就干，小草第二天又特意把这事情和白晓丽说了，她是万分支持，说回头我就能给你介绍一些客户。

她赶紧把这件事情和亚民在电话里描述一遍。亚民当然最希望她回来了。这样他们就可以长期在一起了，另外他在林业局业余时间还可以给小草帮忙。亚民还给她提供了一个更好的消息，为了内蒙古及北京周边进行防沙治沙，县里正

在退耕还林呢，这样农民退出的耕地就需要栽种树苗，从而也就需要大量的树苗，所以你现在回来做这个苗圃是很好的机会。这个项目要规划好多年呢，也就是很多年都需要树苗，可以长期做。这个项目就是由林业局和土地局负责，只要你培育出合格的树苗根本不愁卖，政府就要收购很多。

小草走出办公楼已经晚上八点多了，她看着这个到处都是霓虹灯闪烁、车水马龙、人员喧闹的极度繁华的大都市，再回想起四年多以来在这里经受的苦与乐，这个城市给予她太多的欢笑和泪水，兴奋与沮丧，有失败的痛苦也有成功的喜悦。

想起马上要离开了，有些不舍，有些心酸，也有些无奈。

当她想到亚民将在车站迎接她时的迷人微笑和将要朝夕相处共同奋斗的美好未来，她有些许的安慰，也有欣喜的向往……

她晚上在梦里看见：亚民和她正在自己阳光明媚、充满鸟语花香的桃花园一样的苗圃里手牵着手快乐地散步，突然阴云密布，大风平地而起，正当努力奔跑准备躲避狂风暴雨之时，大国和亚民的父母满脸怒容地突然出现在他们面前，挡住了他们的去路。他们跑到哪里，他们就跟到哪，吓得小草奋力挣扎惊叫……终于惊醒了，出了一身冷汗……

小草坐起来紧紧地抓着被子，久久才缓过神来，原来是

一场梦！然而她仍然心有余悸，她觉得这个梦不是很好，但还好是一场梦呀。

第二十一章

深秋的故乡，天格外地蓝，清澈透亮，白云之间飞翔的雄鹰就像她自己一样，将在自己生长的地方创造出另一番不一样的天地，展示自己的潜能。那一双双自由飞翔的小鸟，就像现在她和亚民一样，手牵着手轻松自由地走在回家的乡间小路上，忘却了烦恼，忘却了都市的嘈杂，忘却了尔虞我诈的商场，忘却了种种的烦恼与不快。相互倾诉着衷肠，诉说着理想，憧憬着未来，是那样地放松，那样地温馨，那样地无所顾忌，好像回到了学生时代。

他们没有坐车而是直接从县城走山路回到小草的家，山还是那样底蜿蜒曲折，还是那样地郁郁葱葱，不时地有鸟儿飞起，花朵也向他们招手。

“草，你看下边这片田地怎么样？”亚民轻轻地攥了小

草的手一下。“嗯？”小草暧昧地看了亚民一眼，似乎有些疑问。亚民站住脚指着山底下的一片平地说：“你看，那片地最适合做苗圃了，因为土质比较好也比较平，并且边上还有现成的井。向阳性比较好，在山底下还比较挡风，最适合栽种小苗了！”小草带着有些欣赏和骄傲的神情看着亚民，歪着头微笑着说：“还是你比较专业，说起来头头是道！不过这片地应该是属于好多户的，并且租用他们这么好的地会同意吗？”亚民看到小草为难的样子接着解释说：“这个简单，咱们可以挨家去做工作，他们每年能产多少粮食，能赚来多少钱，咱们按照市场价给他们，他们还不用自己去种地，对他们来说也是好事情呀！”小草用力地点了点头：“嗯，有道理，就这么定了。”

小草只有在亚民身边的时候才像个小女人，才显示出柔弱娇嫩的一面，就连她的父母也看不到她还有这样柔美娇羞的一面。在这个世界上能懂她心的人就是亚民。他们就是天生的知心爱人。

夕阳已经闪现，他们终于回到了小草的家，父母并不知道小草要回来。一家人还是和往常一样，围坐在一个古旧的饭桌前吃饭。弟弟已经长大很多，都长出了胡子，长成半大小伙子了。看到姐姐回来了，他兴奋地跑了过来牵住姐姐的手，喊了起来：“妈，我姐姐回来了。”老两口同时站了起来，用浑浊而沧桑的眼神看着小草，妈妈马上反应过来，急忙来帮小草提行李，然后冲着亚民微笑一下说：“来，孩子快进屋吧。”小草爸爸也过来微笑着拿拐棍向屋里指了一下，“好的，伯父伯母。”亚民说。小草赶紧介绍说：“这是我同学徐亚民。”“嗯，谢谢你送小草回来。快进屋里吧孩子！”小草爸爸也让了一次，大家这才依次进屋了。小草弟弟现在大了，知道把东西接过来放下然后给客人倒水。小草看在眼里很是高兴，觉得弟弟终于长大了，自已的内心也轻松不少。小草的父母不停地一边聊天一边上下打量亚民，过了好一会儿，小草爹才说：“还不去做点饭炒几个菜，孩子们还没有吃饭呢。”小草妈妈好像才想起来一样：“唉唉，你看我这脑子，真是岁数大了，竟顾着说话了，把正事都忘了！”“没事伯母，我们不饿，您不要忙活了，一会儿现成的吃点就行了。”小草妈妈一看这样的孩子她就打心眼里喜欢，不仅礼貌还懂事，还有文化，估计最少也是高中生，可比那大国强多了。

小草这几天回来之后一直没有闲着，一边向公司总部汇报相关情况，一边根据公司要求和实际情况考察苗圃的地点。当然少不了还要和相关的乡镇以及县里边的相关单位进行手续上的立项。乡镇和县里都很支持这件事情，因为这是国家现在大力发展的护林项目的一部分。所以提供了很多便利条

件，还开了绿灯，结果很快就顺利完成，剩下的主要困难就是要找到苗圃的开发地点。小草和亚民经过多方考察，觉得还是亚民提过的那个地方合适。因为别的地方或者平地太少或者没有水井，并且经过考察也打不出来水。

现在小草却遇到了困难，最头疼的是那个地所属的村，也就是大国他爸爸当村长的村子。小草几次去找相关农户进行协商，可是农户一开始有几家同意出租，后来不知怎么又反悔了。小草正在家里发愁，这时候小草的爸爸说：“人家肯定不会同意的，他们都恨咱们了，咱们和他们退亲，他们家丢了面子，你又在他们村办这事情，他们肯定会找咱们麻烦的！”小草认为应该不能因为和大国退婚就阻止这样一个好的投资项目进入村里吧，毕竟这是百利无一害的事情呀，老百姓每年不用干活还能赚到一样的甚至更多的钱，并且还能安排一些人就业，也不污染环境，还有国家支持。如果他这样做不是给本村相关人员带来了损失吗？于是小草自己去找村长谈相关事情，可他却一推六二五，说这是老百姓自己不愿意我也没有办法！小草似乎觉得自己确实把事情想得太简单了，这时候她有些无助不知道下一步该怎么办。她想了半天只能骑着自行车又去县城找亚民商量了，亚民当时还有些不理解：“这是好事他们怎么会不同意呢？并且县里边和乡镇都是支持的呀！”小草把事情和亚民说了一遍，亚民突然想起来了：“你等下我打电话问问我爸爸，好像是我爸爸和那村里有亲戚，说还是村里大户。”

小草知道在村里哪个姓的人多就算是大户了，一般在村里他们说了基本上就算数了。

小草心情紧张地听着亚民给他爸爸打电话。亚民只说是同学，其实他爸爸知道亚民交了个女朋友，但是并没有见面，所以也不知道小草是谁。亚民爸爸在电话那头说：“这好办我马上打电话和他们说，这是对村里老百姓有好处的事情，怎么能出现这种情况呢？”说完就挂了电话。

亚民微笑着说：“这次肯定没有问题。”小草最喜欢看他的笑容，因为他总是给小草带来自信和安全感。两个人开始研究下一步的工作。

半小时后亚民爸爸的电话打了过来，口气大变，似乎有些严肃，还有一点愠怒：“亚民你晚上早点回来，我有事情和你谈！”“那他们怎么说的？什么事情呀？现在说吧！”“那个事情我和他说了，他们说会尽力的，另外的事情你要晚上回来我和你亲自谈。”亚民刚要继续问，他爸爸已经把电话挂了。亚民的爸爸本身就是一个办事干净利索的人，说话也比较干脆简单。

这时候亚民愣在那里了，小草也不知道亚民听到了什么事情，怎么突然变得严肃和疑惑了。小草赶紧过去抓住亚

民的手问："怎么了？"亚民看着小草说："我爸爸突然说晚上要回去找我谈话，我问他什么事情他还不说！奇怪啊！"这时候小草也有些疑惑，突然，小草好像想起来什么似的，情绪一下低落下来了，一屁股坐在了沙发上，双手抓着头，手指插进头发里边。亚民忙问："你又怎么了？"这时候小草表情显得很苦恼，艰难地说了一句："我知道是什么原因了。"声音很低。亚民又问了一遍："我没有听清什么意思？"小草微微抬起头来对亚民说："我知道因为什么了！""因为什么？"亚民接着问，心里很着急。"你爸爸打过电话的人估计就是他们村长，也就是大国的爸爸！"小草说。"啊？怎么是他？这么巧吗？"亚民也有些不知所措，因为他一直对父母瞒着小草是退过婚的，甚至他爸爸妈妈还不知道小草没有上过大学呢。他们两个都没有再说什么，都陷入了深深的沉思和忧愁之中。因为他们明白，这有可能意味着不仅征地不一定顺利，更严重的是必定会影响他们两个的恋爱及婚姻。

今天小草的情绪低落到了极点，心情甚至比家里当年逼婚的时候都差，因为亚民的生命已经和她紧紧地融合在一起了。而亚民也同样带着复杂的情感回了家。但是亚民不会因为外界的干扰而放弃，他这辈子非小草不娶，他的心情比较复杂，他在想怎么面对自己父母的指责和反对，如何才能化解。不过分开的时候亚民依然用熟悉的微笑对小草说：“没事，这都不是事，我会处理的，放心吧。”他还给小草打了一个 OK 的手势。亚民总是给小草信心，在小草眼里，对亚民来说什么事都不是事。但小草这次感觉没有那么乐观。她认为这事情绝对是比较严重的，因为在这样的乡村风俗下，这样的事情绝对是一个难处理的事情，不只是亚民自己，即使他父母本身面对这种情况也是很难处理的。因为小草不仅退过婚，没有上过大学，而且她退婚的对象有可能就是亚民父亲的表哥。这在农村是很难想象的事情。在这传统的乡村，别人眼里亚民和小草就不是同一船上的人，不相配。

小草和亚民恋爱以来，亚民每次见面后都会把她送回家，即使有特殊原因不能送她回家，他也会在小草到家后给小草打电话，问候，路上怎么样呀？是不是顺利呀？而这一次却没有，小草拖着疲惫的身躯走回家里直接躺在床上睡觉了。她妈妈爸爸叫她几次起来吃饭，她都没有起床。她妈妈知道她应该有什么事情，但是也没有问，她认为还是征地的事。小草其实没有睡着，只是头朝着被货垛那边一声不响地默默流泪，她从来没有这么沮丧过，感觉整个世界都是黑暗的，人生失去了动力和目标。五彩缤纷的世界并不属于她，她不是美好世界里的一员。她的心在痛苦中慢慢地撕裂，是那样地疼。她回想起了自己这二十四年的人生，觉得一切都是那样地艰难。她不怕家贫，也不嫌弃父母的无能，她怕这四年来残酷的折磨人的现实人生。从取到录取通知书却不能上大学的前途上的痛苦，到大国这段孽缘的痛苦，再到工作中吃苦、被误会、挨打、受人冷眼的痛。那些她都是可以承受的，而这一次，和亚民这一次她是最痛的，她此时觉得人生乏味，为什么种种困难和不幸都在她这里出现呢？回想起往事历历在目，她的泪水就像小溪，潺潺流个不停。

已经到了凌晨，她对人生感到迷茫。她本以为亚民至少会给她一个电话，哪怕是发个短信也好。难道他真的听从了他的父母的意见？不和自己交往了？难道他的父母把他的手机没收了？……她想了无数种可能，她最后只能面对现实。她觉得一切都结束了。小草其实是一个内心消极的人，她虽然坚强，但是内心比较消极，所有事情都会想的要比正常坏一些。这对她的工作其实有时候是有帮助的，但是在感情上就显得过于消极了。

她内心就像被掏空了一样，自己慢慢地爬起来，整理一下头发，轻轻地打开门，慢慢地向河边的那口老树下的深井走去，她要看看那洁白的月光，因为只有拂面的秋风和皎洁的明月才能永远陪伴她。她坐在大井的边缘，右手捏着垂下的杨柳，左手慢慢地放在砌井的石头上，她头发有些凌乱，面无表情，泪水越来越少，她对人生失去了信心。她想结束这无休止的折磨。

她觉得只有到另一个世界，她才能不受约束，自由地享受自己的人生，可以随时去陪伴亚民。

她思绪似乎定格在这一刻了。只需要轻轻挪动自己的身体，她就可以去那梦中理想的地方了。她慢慢地放下柳条，右手也用力地抓在井沿上，准备向前挪动，进入那无底的黑暗之处。

突然井底呱呱两声，她的意识为之一动，她迟疑了一下。紧接着村里又响起了几声狗叫，似乎在回应着青蛙，也似乎在呼唤着小草，挽救她的灵魂。小草听到似乎是自己家的狗在叫，它是那样的熟悉，因为这狗和自己的弟弟年龄差不多，已有十几年了，它是一条老狗，声音是那样地苍老。这狗从不咬人，但是很能看家。只要有动静它就会叫，除非是她家里的人。

小草想起了狗，也想起了弟弟，年迈的母亲，残疾的父亲。她现在是她们家的顶梁柱，她要是不在了，弟弟还能读书吗？妈妈老了怎么办？爸爸拖着那残腿一家人还能继续生活下去吗？她犹豫了，她觉得自己是不是太自私了？如果这样离去是不是太不负责任了？为了自己忘却所有的痛苦和烦恼而不管不顾自己的家人？她在不停地反问自己。

也许事情没有到走投无路的地步，她决定为了家人也要

努力地活着，她还要把自己的事业做起来，她把事情又重新在脑海里整理了一遍。她忽然觉得还没有到山穷水尽的地步。

第二天她像变了一个人一样，很早就起床了。她随便吃了口饭，她和父母说了几句话，她只说要去工作了。她放下碗筷，家务都没有做就直接骑上自行车出去了，她的眼神充满了坚定。

第二十二章

小草直接去了镇里找到了刘镇长，在镇长那里把自己的计划和公司投资的规划以及对村里的益处都详细地说了一遍。镇长一开始就是赞成的，当然也就不免问她的困难所在，她就把遇到的问题和镇长全盘托出。当然，她不是告村长的状，她是为了镇长能掌握实际情况也好做工作。

刘镇长了解情况后，直接给大国爹打电话说：“你们村里边遇到一个好事情，你知道吗？”大国爹还假装不知道，“镇长什么好事情？”镇长接着说：“就是北京那边来咱们这边投资苗圃的事情，这是对你们村和咱们乡里都有好处呀，这是个好事呀。”村长恭敬中带着笑意说：“是呀，这个我知道，但是老百姓不同意租用地呀！”

镇长也不想和他兜圈子了，“我说老李呀，你这点能力

都没有吗？你得做工作，我就不信，你给大家说清楚了，他们能不知道好赖？这样我一会儿过去，你带我一起一家一家做工作。”村长一听镇长要直接来，也没有办法，只好说全力配合了。

刘镇长真是个好干部，说干就干，一点都不来虚的，他和小草直接到村里，到村长家，小草这是第二次去，她觉得这个差点没有成为她婆家的家和以前区别不大，还是那样。她现在什么也不顾及也不怕，她就想把事业做好，对得起公司，对得起老百姓，对得起自己的父母，也能将来叫亚民的父母刮目相看。只有这样把自己提高起来，她和亚民的机会才有可能大点，不过她现在也管不了亚民是否还想继续和她相处了。她现在下定决心先把事业做好。

这次刘镇长跟着村长和小草一起挨家挨户做工作，虽然村长心里对小草十分反感，但是刘镇长在，他也不好表现出来，表现得还是很客气。

为了这件事情，刘镇长在之后几天一有时间就下来继续做工作，因为租地的钱还没有谈拢，需要一步步落实。经过刘镇长的多方协调终于在半个月后落实了租地的事情，手续办好之后小草心里的石头终于落了地。

小草把工作进展向李总报告，李总十分高兴，称赞小草效率太高了，能力太强了。她亲自带着陈副总一起到隆化县把最终的合同签完，并且感谢当地政府的大力支持。

村长永远都不会忘记拍领导的马屁：“这事情要不是我们镇长出马，谁也谈不下来，我们这老百姓就听我们刘镇长的，你们要好好感谢我们镇长啊！”刘镇长是个很正直的人，她说：“咱们合作是合作，但是只能做对老百姓好的，对国家有利的事情，只要符合这两点，你们谁来投资我都欢迎，老百姓也欢迎。这次虽然经过一番周折，但是最终还是合作成功了，希望贵公司和当地民众好好合作，把这个苗圃做成规模做出成绩，另外我也相信村书记和李村长一定会大力支持的，是不是？”他说着看了一眼村长和书记，“当然当然，都是好事吗！”李总也向大家保证，绝对按着合同走，叫大家获益，按规定要求发展公司业务，并且所有工作人员都优先雇用拥有这些土地的农民和本地村民。这样既能熟悉环境和解决就业，又不用出去到别的地方打工，免受外出奔波之苦。

这下前期的准备工作总算是完成了，小草可以松下一口气了，算下来一个多月又过去了。闲下来小草突然想起亚民了，这近一个月两个人没有任何联系，小草因为忙自己的事情，亚民也不主动给她电话，她也不能主动给他打电话。也许是因为亚民也觉得不合适吧，但是她思来想去都觉得不可能呀。无论什么结果他都应该会和我说的呀，这几天她一直在为这事郁闷，连续几天她都在挣扎，她想给亚民打电话但是又怕打扰他生活，这样别人会不会觉得自己太不值钱了。可是不联系又不知道亚民那边什么情况，什么意思。其实从亚民回家那天，她心里总是惦记着他，总觉得心里不踏实。

第二十三章

思来想去，她最后决定再给亚民打一个电话。打通了电话好长时间也没有人接，过了一会再打，还是没有人接，小草有些犹豫，他不应该这么无情吧？连电话都不接，越想越不对劲。想着想着，是不是亚民出事情了？脑子里突然冒出一个可怕的念头。她赶紧骑上自行车向县城亚民的单位跑去。小草进入办公室一看，亚民没有在办公室，只有一个中年女人在，“你好，找谁？”小草赶紧回答：“你好，请问徐亚民在这里办公吗？”“是呀，不过他不在，你找他有事吗？有什么事和我说吧。”工作人员淡淡地说。“他去哪里了？我是他同学找他私事，”小草小心谨慎地说。“哦，你不知道吗？他在住院，”“小草一下蒙了，赶紧接着问：“他怎么了，怎么住院有了？在哪所医院？多长时间了？”那中年工作人员看她很着急的样子便和气地说：“你先别着急，听我说，他前一段出事了，在救火时候，掉下山崖摔坏了，现在人还不清醒呢，在承德市医院呢。”小草的泪水顿时就像开口的黄河奔涌而出，只说了一句谢谢就直奔出去了。

她要用最快的速度见到亚民，她边哭边跑找了一辆出租车，她一般舍不得花钱打出租车，但现在她为了亚民什么也不会考虑的。她恨自己，恨自己心胸狭窄，恨自己不了解亚民，恨自己在亚民最需要她的时候，她却不在他身边。她不停的催促声几乎把司机激怒了，但是司机看到她那样子也就知道她肯定有急事，并且是去医院，也就尽力配合，加快速度。

一路上，小草满是泪水和自责，她的心很痛，针刺一样的痛。她无数遍地回忆着和亚民快乐的时光，回忆着他那迷人充满关怀和自信的笑容，她试想着亚民现在的样子，她不敢想象躺在床上一动不动的亚民，她从来也没有想过会出现这样的事情……

上百里路的风景小草没有注意到到一棵草木，她心里就像燃烧着的熊熊烈火，感觉晴朗的天空也是黑暗的，这一百多里路就像走了一个世纪，很长很长。

小草快速地下车直接奔跑向医院的大厅，司机要是不提醒她就忘记给钱了。

人山人海的大厅，小草几乎找不到头绪，她现在已经有些蒙了。经过多方打听，她直奔住院部，又急切地找咨询台问亚民的房间。

住院部 7 楼是很清静的，这一层应该是都是外伤，有的打着石膏、拄着拐杖，有人搀扶着，有的头部包着纱布……小草看到都恐惧，她放轻脚步，但是还是尽快地向最里边的 7028 走去。她是感性的也是理性的，她知道现在必须调整好自己的情绪。她强忍着内心的痛苦，擦干满脸的泪水。

房间是在最南边，一进门便看到房间内有两张床，一张床上坐着一个病人大约四五十岁，腿被一个吊架吊着，打着石膏，边上有一个女人估计是他的老婆，陪着她说话。而另外一张床上却躺着一个人，一动不动，头上包着纱布，两腿打着石膏直直地放在床上，床底腿的部位稍稍垫高一些，他左手也打着石膏。床边有一个穿着利索略但满身疲惫的 50 多岁的中年妇女默默看着那人，满是怜爱和慈爱。她拿着毛巾给那人擦脸。小草一眼就认出了那是亚民，眼泪忍不住流了出来，她愣在了门口，几乎不能走动。她想象过无数次亚民摔伤的情景，但是都没有想到会这么严重。她内心的情绪无法控制，几乎是拖着脚步艰难地向亚民的床前走去，泪水像雨线一样从脸庞流了下来……

她要走到亚民床前的时候，亚民妈妈和隔壁床的人都看着这个一言不发不停流泪艰难地向那边走去的女孩有些

疑惑。当她要去抓亚民手的时候，被亚民妈妈拦下了，温柔地问：“姑娘你是？”小草这时候才有些清醒，她努力控制一下自己的情绪：“阿姨你好，我是亚民的同学我叫齐卷柏……”“齐卷柏？”亚民妈妈轻声重复了一句，“你就是，那小草吧？”“嗯，是的。”小草自然地回答，眼睛随即转到亚民的身上了。亚民妈妈的语气马上变得严肃起来，说：“谢谢你来看他，但是你要忙你就早点忙去吧！他正在恢复阶段，不能被打扰。”小草听到这话心里更加难受，但是她还是强忍着说：“阿姨，我在这里照顾他吧！”“那倒不用，别人照顾不了。”对方冷冷地说。那慈爱的心似乎见到小草就消失了。这时候亚民慢慢睁开了眼睛，突然看到小草似乎有些激动，他的眼神充满了惊喜，似乎还要挤出以往的那种自信的微笑，手指微微动了一下。小草赶紧把手轻轻地放到了他的手上。亚民的表情似乎又丰富了很多。小草和他对视着，满是爱意。

亚民妈妈看到这情景，亚民竟然见到她发生了奇迹一样，竟然有表情了，这还是一个月以来第一次。为了儿子，她只能暂时先忍一下，没有再催小草走。她站在边上看着亚民那第一次出现惊喜的表情，最重要的是他竟然能认出她来，手指还能动，说明比睡觉前恢复得还有进步。她妈妈也有些许安慰。

她还不了解小草，她只听到亚民和他爸爸因为她吵架，并且吵得很凶。然后亚民正在和父亲吵架时候突然接到围场森林着火需要支援救火的通知，摔门就走了。她刚下班回家还没了解情况就听到他们的吵架，亚民从来没有和他爸爸吵架，这次怎么会吵得这么凶呢。通过对亚民爸爸的追问，他才说：“亚民谈了一个对象，你知道是什么样的人吗？”“我哪知道呀。”她疑惑地说。“他找的对象是一个没有上过大学，农村的女孩子。”“哦，那也不至于和儿子那么吵架呀？”亚民妈妈觉得没有什么大不了的，甚至有些对他爸爸的态度不满。他爸爸生气的又拍了一下桌子，说：“关键是，这个女孩退过婚，并且就是我姑姑家大国以前的未婚妻！”接着又说，“这还能像话吗？”这下亚民妈妈不知所措了，“啊”了一声，“怎么会是这样的呢，他们怎么能认识呢？”“那还能怎么认识？他们是高中同学，到北京后两个人又联系上了，那姑娘在那里打工，他在那里上学呗！”“不过这也不怨亚民，他们是同学啊，这是正常的呀。”亚民妈妈替亚民辩护着。“你就知道宠着孩子，没有原则。”亚民爸更加生气了。“我怎么没有原则了，大不了叫他们不要再继续交往不就得了，至于发那么大火吗，孩子还小需要教育。”亚民妈妈不甘示弱。“他要是同意不交往我还能和他这么吵吗啊？”亚民爸说完摔门进屋了，到了门口补充一句，“你们

不嫌丢人，我还嫌丢人呢。”这一句话提醒了亚民妈妈。他们都是单位里有头有脸的人，虽然他们很开明，但是他要是找了一个条件和亚民相差太多，没有正式工作，并且还是退过婚，最难的还是和他们大国家订过亲的姑娘，这要是传出去怎么还有脸见人，对亲戚朋友怎么解释呀。所以她下定决心绝对不同意他们继续交往。

可是，就在他们刚平静下来不久，电话铃响了，亚民出事了！

亚民妈妈看着小草他们那深情相望的感觉，都有些被打动了。但是她还是不会同意他们相处的。不过为了儿子，她不能在亚民面前赶走小草。毕竟亚民现在这情况不能激动，不能着急，再说小草至少也是他的同学啊，她不停地给自己找理由，所有事情只有亚民的身体最重要。

亚民妈妈看到亚民状态不错，想给亚民喝点鸡汤，小草说阿姨我来吧，她也就没有再争执，她虽然不同意小草，倒是看到这孩子这么喜欢亚民，这么朴实，带着农村的简朴也蕴含着城里职业女性的干练气质。她从心里其实并不讨厌他，甚至有些欣赏，一下午的时间，小草和亚民的眼神几乎没有相互离开过，亚民不能说话只能眨眼，但是小草不停地和他轻声说话。亚民妈妈都看在眼里，她的心开始有些被打动了，她决定和小草进行一次深谈，因为亚民要是真留下什么后遗症，这半辈子她感觉除了她本人和亚民爸，也只有小草这样的女孩能真心照顾她了。

傍晚亚民睡着的时候，小草这时候才回过头来，对亚民妈妈有些不好意思地说：“阿姨，对不起，我想在这儿陪亚民可以吗？”亚民妈妈脸色缓和多了，带着一丝犹豫说：“我们可以谈谈吗？”小草不知道她要谈什么，但是她知道这是早晚的事情，即使她们不同意，她也要把亚民照顾好，恢复起来时候，她再离开。她轻轻地点了下头。

两个人来到了走廊的一角，亚民妈妈把小草和亚民的接触经过问了一遍，小草无所保留地说了。最重要的是亚民妈妈详细地问了小草以前的过往，最终目的是要问她和大国婚事的问题，也很坦诚地说出了反对亚民和小草的理由。小草也详细真实地把她和大国家庭之间发生的事情全盘托出。为了博得亚民妈妈的理解，能允许她照顾亚民直到他恢复为止。小草甚至把自己考上过大学以及在北京工作学习的情况都说了一遍。

亚民妈妈是个开明的人，她同情理解小草，也深爱自己的孩子。经过小草一说，她觉得这些其实没有什么，作为一个知识分子和国家干部，她不能被这些旧套的习俗所左右，断送孩子的幸福。

小草说完之后看着她那复杂的神情。她不敢奢望亚民妈

妈会同意她和亚民恋爱结婚，她只希望能陪亚民度过他最艰难痛苦的时段，一起承受，用自己全身心的爱去照顾他爱护他。

她默默地看着亚民妈妈那不断变化的神情，一言不发。一分钟过去了，两分钟过去了……十分钟过去了，亚民妈妈长出了一口气，像是下定某种决心一样。“小草，我同意你们！”她深情地望着小草。小草有些不敢相信自己的耳朵。她愣愣地看着亚民妈妈，还是一言不发。亚民妈妈以为她没有听到又重复一遍，“我了解你们的情况了，我同意你们交往恋爱，只要你们能幸福！”小草这时候才反应过来，她抱住了亚民妈妈，“谢谢你阿姨！”“不过你可要想清楚，亚民的后半生不知道什么结果，医生也说他的后遗症很难预料。”亚民妈妈很理智地说了。“只要我们在一起，我们什么都不怕，什么困难都能一起承担，我会爱她一辈子的。”小草激动地说着，眼泪不住地流下。亚民妈妈确实不是一般人，她是那样开通，那样地与众不同，小草现在对她有很大的敬佩和仰慕。

小草的真情拥抱，使亚民妈妈也落泪了，她为孩子的痛苦落泪，也为小草和亚民的真爱所感动。她一下午几乎都在观察小草和亚民，观察小草的一举一动，作为女人她感受到了小草对亚民的爱有多深。而小草觉得能得到亚民妈妈这样的理解和支持，她和亚民就不会分开了，无论亚民什么样她都要照顾他一辈子。可是亚民爸爸呢？她是一个直爽的孩子，她充满依恋地对亚民妈妈说：“那叔叔那边？”亚民妈妈感觉到小草语气中的单纯和对她的信赖，心又拉近了一些，“放心吧，我去做工作！”

小草现在什么都不想，只想每天陪着亚民。虽然亚民说话还比较困难，但是小草还是每天不停地和他说话，给他讲现在她苗圃的进展，给他讲好多新鲜的事，回忆他们以前的美好生活。她每天讲得津津有味。两个月过去了，亚民随着时间的推移，慢慢地恢复了。可以进行简单的交流，尤其是和小草。只要看着小草，他的脸上总是带着幸福的特有的自信的微笑，他要告诉小草他还是那样自信，他还会重新站起来，他要和小草重新过上美好的生活。小草每天都要表扬他有进步，他每天细微的变化，小草都仔细观察，她鼓励亚民并汇报给亚民的妈妈。

几个月的时间过去了，亚民可以坐着轮椅出去呼吸新鲜空气，并且所有的记忆都已恢复，可以和人正常交流，只是说话的声音有些变声，并且有些慢。亚民恢复得很好，排除了他会终身残废或者变成植物人的可能。医生诊断他是脑颅瘀血压迫神经，做手术取出瘀血块，慢慢会恢复的。但是他的腿骨可能会有后遗症，可能会变得有些跛脚。不过这样的

结果对于亚民家人和小草及其亚民本人已经算是很好了。

他们又可以憧憬更加美好的未来，更加珍惜经过困难后来之不易的生活了。

在亚民住院的这半年里，也发生了很多事情，从开始亚民的爸爸极力反对小草照顾亚民以及和亚民继续来往，到经过亚民妈妈的劝说以及小草对亚民的真爱的感动，他看到了小草的本质是一个难得的好孩子。慢慢地，就接受并且越发喜欢他这个未来的儿媳妇。

为此他还特意主动和大国的爸爸谈论此事，并且也把他们接纳小草的事情和大国爸爸说了。其实大国爸爸自己心里明白自己的孩子是一个什么人，他就是咽不下这口气，经过亚民爸的劝说，也就放下了。

第二十四章

一切都在一步步地向好的方向发展。亚民终于出院了，可以住着拐杖上班了，他要坚持早点上班。他也看到了小草公司的苗圃也在进行着整修土地，这已经是第二年春季了。一切都是那样地新鲜美丽。春节的花草夹杂着扑面而来的泥土的芬芳，使人陶醉，小草搀扶着亚民站在他们最有成就的苗圃田，是那样地幸福。他们的人生画面真想永远定格在这鸟语花香、春风拂面、溪水潺潺的风景里。

现在才是苗圃真正开始忙活的季节，他们要开始撒播树种，栽种小树苗，培育开始了。小草整天忙碌着，亚民一有空就会到苗圃陪她，指点工人种植。因为亚民是相关专业的科班出身。

小曼和军子的结婚也促使了小草和亚民的结婚欲望。他

们准备参加完小曼那浪漫的婚礼之后，等他们的树苗都成活了，苗圃一片绿色的时候，在苗圃里边拍婚纱照，举行一次浪漫的田野婚礼。

几个月后，亚民看上去完全康复了，小草却变得和小村妞一样皮肤发黑，满身整天沾满汗水，亚民一到周末就会作为县里定点支持农林牧的技术员来帮助小草。他通过关系帮助小草联系明年树苗的的销售，除了本县需要绿化，其他相关县的只要能联系上的，亚民都是不辞辛苦地张罗，这些树苗除了本公司留用的基本上已经被预定完了，明年就可以出手了。他们的事业做得风生水起，他们的奋斗历程以及真爱已经成为家乡的一段佳话。

而亚民和小草并没有因此而满足，他们又推迟了婚期，决定明年春暖花开的时候再举办婚礼。

他们要带动他们的乡亲一起找出一条致富路，以免大家都外出打工，留下老人儿童在家做农活。他们两个在工作之余，每天都在联系新的项目，计划落实新的项目，他们给乡里建议，找一个村作为实验村，把荒山出租给个人，来统一绿化和规划。有水的地方栽种果树，干旱的地方栽种耐旱的松树，树林里边可以养野山鸡，饲料就是山上的各种虫子，饮用山泉水，这样鸡蛋环保健康，山鸡的肉质也很好，可以卖出高价钱。鸡的粪便还可以反过来给树木提供营养。他们到处考察，鼓励农民种植大棚蔬菜，蔬菜要种一些有特色的，如五彩辣椒、紫皮马铃薯，等等。这不仅能满足本地人吃菜，对于这些特色的蔬菜他们和乡里会定期联系并组织人来收购。

一忙又一年过去了，他们太忙了，亚民单位工作的事情，小草公司苗圃的事情，再加上他们带领大家致富等繁忙的工作。每天都安排得很满，几乎快忙不过来了。

他们的婚期又推到了下一年春暖花开的时候。三年时间一晃而过，在政府政策的支持下，在老百姓的共同努力下，小草和亚民带领他们闯出了一条走向富裕的小康之路，他们成了名人。但是他们的婚事一直耽误着，现在小草的爸爸和妈妈整天唠叨着，他们只知道女大当嫁，否则就嫁不出去了。而亚民家虽然理解他们忙，但是也很着急。经常询问他们什么时候结婚，想早点抱孙子，每次他们对父母的回答都是忙完这段时间，可是他们什么时候能忙完呢？不得而知。

这次他们自己觉得都已经走入正轨了，两个人相依在东山的山梁上的一棵槐树下，亚民右手楼抱着小草，小草轻抚着亚民那粗大的手，看着他们带领大家治理起来的一片片果园，一片片大棚，看着对面大风山上两排鸡舍，看着山脚下自己精心栽种整理起来的苗圃。他们是那样地满足，那样地幸福。

回想起他们的经历和生死相依的命运，他们决定要在2012 年春暖花开的时候结婚。他们的婚纱要拍到蔬菜大棚里，苗圃里，果园里，甚至猪棚，鸡舍里，他们要在他们曾经劳作，奋斗过的每一处拍下他们的每一个幸福瞬间。

他们在村里各个地方拍婚纱照，村里的小孩子们总是跟在后边看热闹、起哄。那些老娘们们也不是省油的灯，王大嫂说:“嗨，我说小草你们亲一个，亲一个照相那多带劲呀？”说完一帮老娘们哈哈大笑，小草现在和他们熟得不能再熟了，她是他们心目中的赚钱领袖。“亲也不叫你们看，哈哈哈。”小草一点都不害羞顺口就说了。“哎呦，还不叫我们看呢，前几天东梁大槐树下亲的时候我早就看过了，哈哈哈。”李春华嫂子也不闲着，说完就哈哈大笑。“是呀？哪天呀，哪天呀？你说你这死老娘们，看到的时候也不叫我一声。”“我也看看文化人亲嘴是怎么个亲法？”王大嫂又说。李春华说：“哎呦，我说大嫂子，这个不都一样呀？你没和大哥那个时候不就亲了吗？这还用学？”“我才不呢，我才不像你那么不要脸，整天想着那事，我才不干那事呢。”王大嫂羞笑着。“行了吧你，不干那事，你那两个小羔子是谁的？是你家和别人生的？你抱回来的？”李春华一说大伙乐得不行。王大嫂：“是你跟野汉子生的我抱过来的行了吧！”大家你一言我一语越说越不着调了，一帮老娘们笑笑闹闹，没完没了。

小草早听惯了她们这些人闲暇时什么都胡咧咧。她也就不在乎，边对付她们边摆各种姿势照相。

婚礼的现场简单又隆重，参加婚礼的有远道而来的李总、白晓丽、小曼夫妇。而晓萌夫妇因为有事没有来，但是还是带来了祝福。有刘镇长做主婚人，双方父母笑容满面，养猪的、养鸡的、种树的、种大棚的，各路亲戚乡亲都前来道贺。婚礼现场就是他们苗圃里边的比较大的那片树林里，里边播放着他们的故事，滚动着他们的婚纱照片和视频。每个饭桌都放在一棵大树下，芳草的清香夹杂着饭菜的甜香及酒水的醇香使所有人都有些迷醉。美妙的音乐响起，小草穿着婚纱牵着亚民的手走在树林的草坪上，两人脸上是那样地幸福，那样地快乐。

大家沉醉在欢快的喜悦气氛之中，司仪口中不停地念着各种祝福的话语，嘉宾们不时响起热烈的掌声，还有一撮“不法分子”的哄笑声。

这时候一个人早已等在树林里瞪着一双红肿而愤怒的双眼，他就像野狼一样静静地站在远处的树后，露出蓬松的头发，满脸泥土。他就在等这个时候，终于等到了，他得不到的东西绝不能落在别人手里。他痛恨这个女人，他又深爱这个女人。他绝不能叫他们的美梦成真。

他手持一把尖刀，发疯一样地狂奔过来，直冲向婚礼的

舞台。愤怒的怒火，嫉妒的魔鬼已经占满他的身心，他要与她同归于尽，到另一个世界去做夫妻。

大家还没有来得及反应过来，在一片惊恐声中，小草感觉自已的后背有些发凉，一开始有点刺痛，随后就不痛了，只有凉意。她悠然飘起是那样地轻盈，白色的婚纱随风飘舞，她就像一直美丽的蝴蝶飘然落下了，她还没有来得及看清身后所发生的事情就静静地躺在她喜爱的绿色的充满泥土气息的嫩草上。她的意识里感觉回到了她真正的家，她很放松，忘却了劳累，没有了烦恼，整个世界是那样地和谐、温馨、幸福，这个世界里只有她和亚民两个人在广阔的田野里跳舞，身边满是七彩的阳光和五色的彩蝶，成群的鸟儿在他们周围翩翩起舞。

小草醒来后已经是三天后了，第一眼看到的依然是她无论生死都能陪她、与她跳舞、给她微笑的人——亚民，然后是满屋子的人：有她的父母，未来的公婆，李总，小曼，伤心、焦急、惊喜都跃然脸上，她又回到了这个真实的世界了。医生的一句话给大家吃了定心丸，“放心吧，脱离危险了！”

那天发生了很多事情，刚出狱不久的大国听说小草要结婚了，他每天沉浸在酒水中，也不听他爸爸的话了，每天喝得迷迷糊糊，满眼迷茫。他恨小草，因为小草，他在北京被保安打过，因为小草他喝醉了调戏人家打伤人家而锒铛入狱。

他又爱小草，小草是他心目中谁也取代不了的女神。他在小草婚礼当天的早上，在他认为人生最痛苦的那一天早上，他喝了很多酒。他痛下决心一定要得到小草，即使在人世间得不到，他也要把她带到另一个世界。大国自己拿了一瓶剧毒农药敌敌畏，他准备在发动进攻之前自己先喝了，然后他就可以和小草一同踏上旅途了。

当他在树林看到时机到了时候，他快速而坚决地喝下了那瓶送他到另一个世界的敌敌畏。他急切地冲向小草，并以迅雷不及掩耳之势给小草致命一击，当所有人反应过来时候，小草已经倒地昏迷，亚民踢了大国一脚，为其他人赢得了制服大国的时机。亚民惊慌中而又沉着地迅速地把小草抱起，大声呼喊快“送往医院”，他用手捂住了小草后面喷血的刀口。

大国此时却露出了诡异的笑容，还没有等大家质问他，他就口吐白沫，在送往医院的路上到另外一个他想要去的世界了。他的父母哭得是那样地撕心裂肺，但是大国还是离他们而去。

小草被送到医院的时候失血过多，输了很多血。医生说差一点儿伤到肺，只差一厘米，这是不幸中的万幸。这几天对小草的亲人好友来说就是炼狱，每天都煎熬。亚民三天时间连打盹都不敢，就在她的病床前看着她一言不发，默默流泪。

小草终于醒了，脱离了危险，亚民抓着小草的手放在自己的脸上是那样地疼爱，那样地不舍，他和小草此生绝不会再分开。他们都经历了痛苦，都曾经与死神擦肩而过，他们注定要经受老天最严酷的考验。他要在办一场特别的婚礼，小草做世界上最美的新娘，最幸福的女人。他们会成为世界上最幸福的神仙伴侣。

2013 年 9 月，小草成为带领村民致富的领头羊，并以企业家的身份受到了县政府的表彰，并通告全县向小草学习。由于小草带领村民走出一条特色致富之路，经过乡镇提名及村民选举，她成为一名年轻的县人大代表。

（全文完）